転生した大聖女は、聖女であることをひた隠す ZERO 2

十夜

Illustration chibi

あらすじ

ナーヴ王国の王女、セラフィーナは生まれつき目が見えず、
隠れるように森で暮らしていた。
幼い精霊たちとともに、穏やかな日々を送っていた6歳のセラフィーナのもとに、
一人の訪問者が現れる。

「君がセラフィーナだな。シリウス・ユリシーズ、君の従兄だ」

若き騎士団副総長、シリウスは王都への帰還を無理強いすることなく、
セラフィーナに寄り添うように森で過ごすが、ある事件をきっかけに、
彼女の能力が覚醒し、視力が回復するとともに規格外の能力を発揮する。

その後シリウスとともに王都に移り住むようになったセラフィーナは、
家族と再会し、新たな生活を始めるのだった。

登 場 人 物 紹 介

セラフィーナ・ナーヴ

深紅の髪と黄金の瞳を持つ
ナーヴ王国の第二王女。
精霊に愛され、まだ幼いにもかかわらず、
聖女として規格外の能力を持つ。

シリウス・ユリシーズ

弱冠19歳にしてナーヴ王国
角獣騎士団の副総長であり、
ユリシーズ公爵家の当主。
国王の甥でもある銀髪白銀眼の
美丈夫で、王国一の剣士。

セブン

セラフィーナが
契約している精霊の少年。

カノープス・ブラジェイ

少数民族である
「離島の民」の青年。
セラフィーナの
護衛騎士に選ばれ、
彼女に忠誠を誓う。

シェアト・ノールズ

第一騎士団に所属して
いたが、赤盾近衛騎士団に
異動となる。
赤と黄色の髪を持つ、
明るくお調子者の騎士。

ミラク・クウォーク

第二騎士団に所属して
いたが、赤盾近衛騎士団に
異動となる。
小柄で童顔の、
面倒見の良い騎士。

登場人物紹介

・プロキオン・ナーヴ
セラフィーナの父。国王。

・スピカ・ナーヴ
セラフィーナの母。王妃。

・ベガ・ナーヴ
セラフィーナの兄。第一王子。

・カペラ・ナーヴ
セラフィーナの兄。第二王子。

・リゲル・ナーヴ
セラフィーナの兄。第三王子。

・シャウラ・ナーヴ
セラフィーナの姉。第一王女。

・ウェズン・バルト
ナーヴ王国角獣騎士団総長。
豪快な性格で人望があるが、書類仕事が苦手。

・デネブ・ボニーノ
第二騎士団の団長だったが、
その任を解かれ赤盾近衛騎士団の団長に任命される。

・ミアプラキドス・エイムズ
第一騎士団に所属していたが、赤盾近衛騎士団に異動となる。
精悍な顔立ちの大柄な騎士。

ナーヴ王国王家家系図

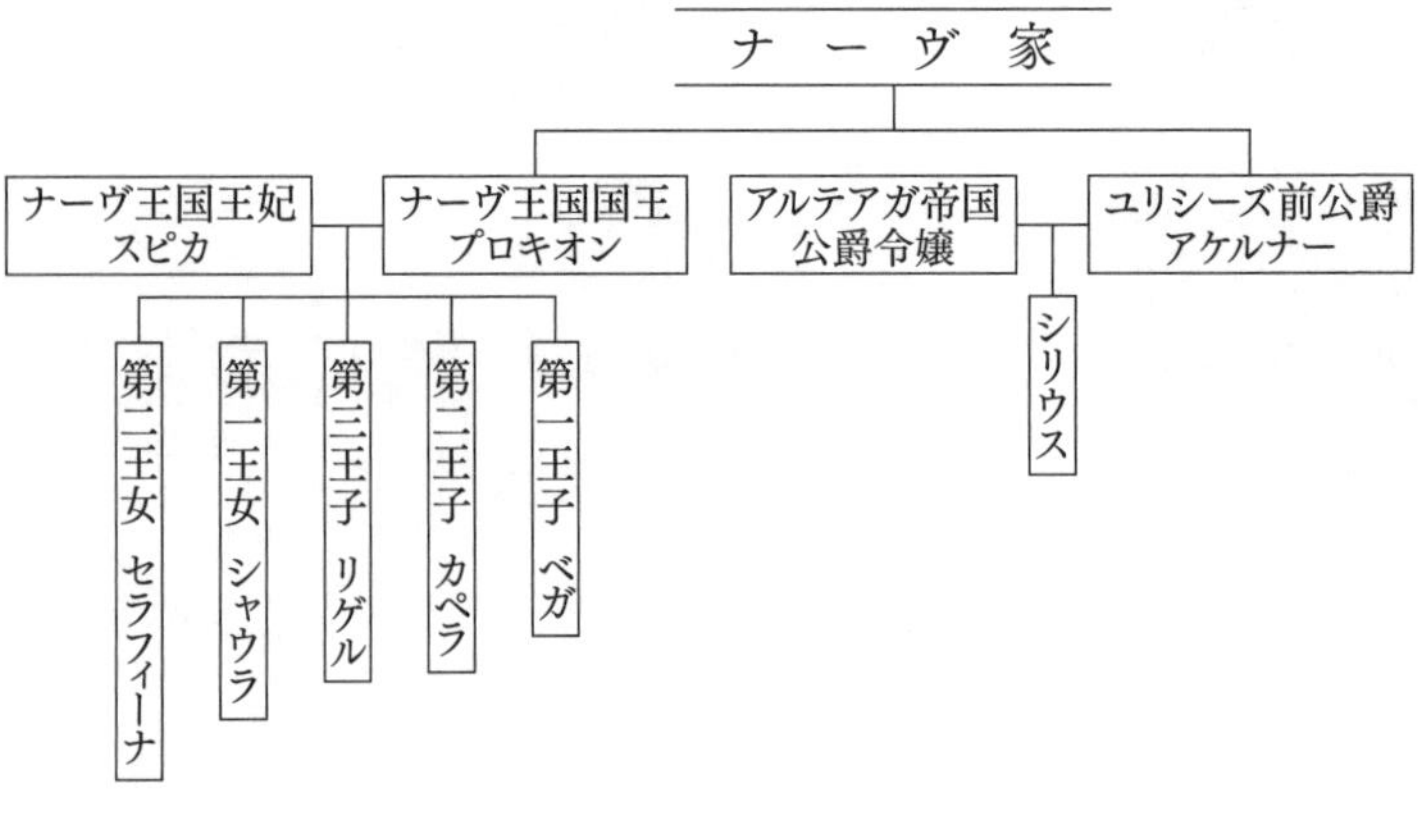

ナーヴ王国騎士団表

角獣騎士団

騎士団総長	ウェズン・バルト
副総長	シリウス・ユリシーズ
第一騎士団団長	カウス・アウストラリス

赤盾近衛騎士団

団長	デネブ・ボニーノ
団員	シェアト・ノールズ
	ミラク・クウォーク
	ミアプラキドス・エイムズ
護衛騎士	カノープス・ブラジェイ

WORLD MAP

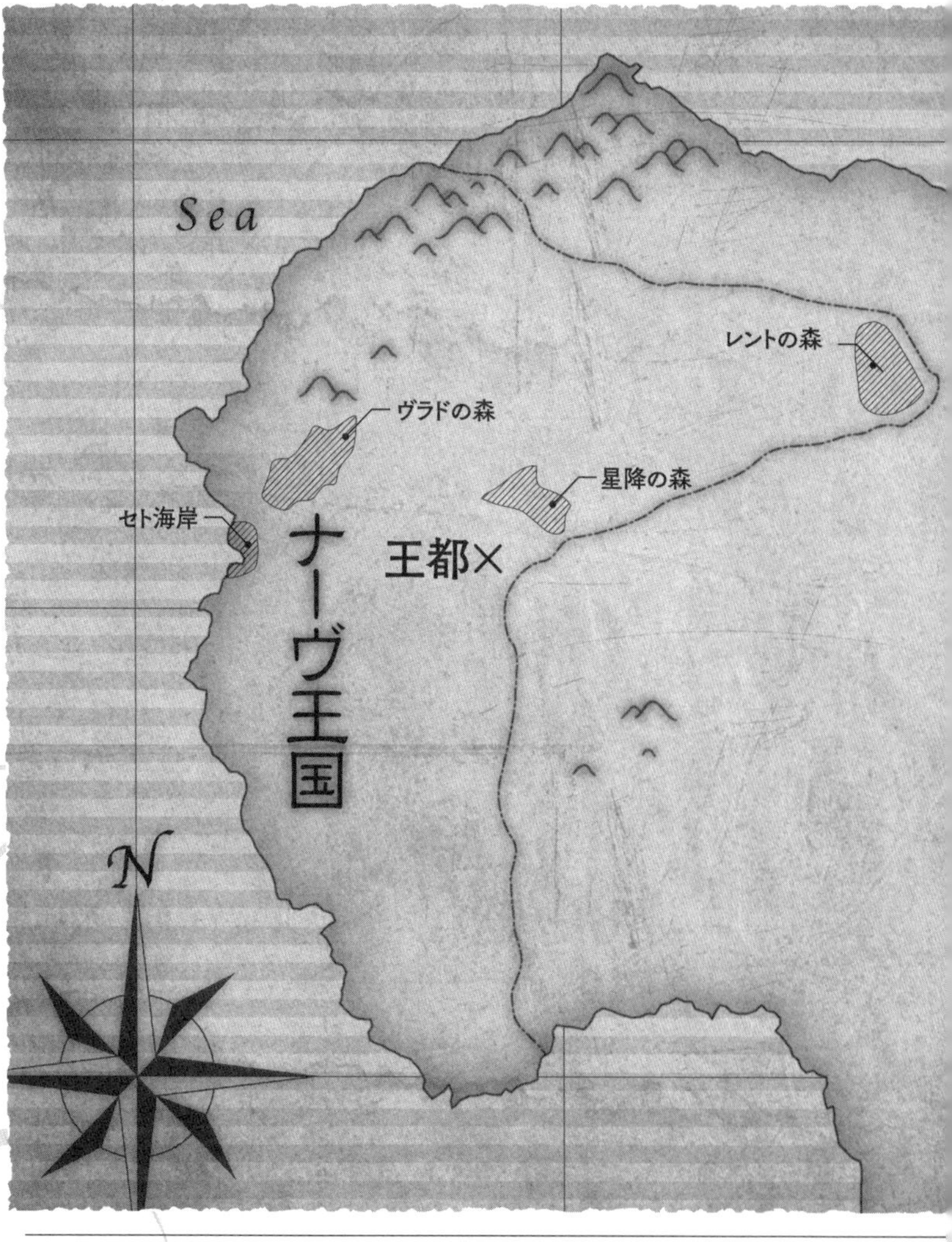

The Great Saint who was
incarnated hides being a holy girl ZERO

CONTENTS

The Great Saint who was
incarnated hides being a holy girl ZERO

小さな聖女と騎士の誓い

『私がシリウスの聖女になるわね！』


シリウス本人に宣言した日の翌朝、私は珍しくセブンに起こされる前に目を覚ました。

聖女として新たな一歩を踏み出す日になるような気がして、興奮していたのだ。

――小さい頃からずっと、私は聖女になりたかった。

その気持ちは一度も変わっていないけれど、シリウスと出会ってからは彼を守りたいと思うようになり、とうとう昨夜、本人に向かってその旨を宣言してしまった。

その際、シリウスと一緒に戦いたいと心からお願いしたのだけれど、彼は冷静に返事をした。

私のおとー様である国王に、私が聖女として歩み始めることの許しを得ようと提案してきたのだ。

そのため、今日は2人で、おとー様のところに行く約束をしていた。

そのことがあって、興奮していた私はいつになく朝早くに目覚めてしまったらしい。

服を着替え、朝食を食べ終えたタイミングで、シリウスが迎えに来てくれたので、私はもう一度身だしなみを確認すると、シリウスと一緒におとー様のもとに向かうことにする。

長い廊下を歩いていると、シリウスは私を見下ろしながら、「念のための確認だが」と前置きしたうえで質問してきた。

「セラフィーナ、昨夜、お前は6歳という幼さにもかかわらず、聖女になると決意した。しかし、夜は気持ちが高ぶりやすいものだ。今朝になっても、その気持ちに変わりはないか？」

まあ、今さら何てことを尋ねるのかしらと思った私は、元気よく答える。

「もちろんよ！　私はずーっと聖女になりたかったから、ひとばん眠ったくらいで考えは変わらないわ。というか、眠っている間はなーんにも考えないから、変わりよーもないわよね！」

私の答えを聞いたシリウスは、思ってもみない答えを聞いたとばかりにたじろいだ様子を見せた。

「そうか……、一晩はオレにとって長い時間だが、お前にとっても同じとは限らないのだな。お前は毎日、寝台に入った途端に眠りにつくし、朝は精霊に起こされるまで目が覚めないのだから。お前の言う通り、夜から朝までのお前の時間はゼロに等しいな」

シリウスが理解してくれたことを嬉しく思い、私も真似っこして、「ねんのための確認、とゆーよりねんおしだけど」と前置きしてから言葉を続ける。

「おとー様が許してくれて、そして、私が色々とがんばってりっぱな聖女になれたら、一緒に戦場に連れて行ってね！」

すると、シリウスは生真面目な表情で頷いた。

「ああ、昨夜、そう約束したからな。約束は守る」

彼がきっぱりと言い切ってくれたので、私は嬉しくなって、つないでいた手をぶんぶんと大きく揺らす。

その様子を見て、廊下を守っている騎士たちがびっくりしたように目を丸くしたので、私はぴたりと手を動かすのを止《や》めた。

いけない、いけない。もうすぐ戦場に出る（かもしれない）立派な聖女は、慎み深くしておかないといけないんだったわ。

そのことに気付き、それ以降の私はよそ行きの表情を浮かべると、しずしずと廊下を歩いたのだけれど、普段と違う様子を見せたことで緊張していると誤解され、シリウスに抱き上げられる。

そのため、私はシリウスに運ばれながら、うーんと頭を悩ませた。

もしかして、私の『慎み深い聖女育成計画』のお邪魔者はシリウスかもしれないわね、と考えながら。

◇　◇　◇

過保護な騎士と慎み深い王女が王の執務室に入室した時、おとー様は貴族たちから報告を受けている最中だった。

そのため、侍従に案内されるままソファに座る。

これはしばらく待たなければいけないみたいね、と足をぷらぷらさせていたけれど、私の姿に気付いた途端、おとー様はつまらなそうだった表情をぱっと輝かせると、報告者に向かって頷いた。

「オッケー、オッケー！　それはすごく斬新で面白い考えだね！　斬新過ぎて是非が分からないから、取りあえずやってみて。結果が出たら、また相談に来てくれ」

すると、報告をしていた3人の貴族たちは驚いたように目を見張った。

「えっ、ま、まだ説明の途中というか、序盤でしかありませんが、それなのにもう結論を出されてもいいいんですか？」

「しかも、ゴーサインを出されましたよね？　えっ、本当にこんな前例がないことをやってもいいんですか!?」

貴族たちは自分たちで『やりたい』と提案書を持ってきたにもかかわらず、すんなり通ったことに驚いている様子だった。

けれど、おとー様は軽い調子で頷く。

「うん、王が許可するよ！　それじゃあまたね」

まあ、国王業務はこんな調子で大丈夫なのかしら、と心配になってシリウスを振り仰ぐと、肩を竦められた。

「何事も10割の確率で成功することはあり得ない。そのため、施策によってはある程度、賭けのような一面があることは確かだが、……プロキオン王は歴代国王と比べても、稀に見る政治的手腕を発揮している。王はあんな調子だが、頭の回転は速いし、判断するポイントはきちんと押さえている。特筆すべきは、恐ろしい高確率で直感が当たるのだ」

「まあ、さすがおとー様ね！」

嬉しくなって手を叩くと、シリウスは同意するように頷いた。

「ああ、お前の目ほどではないにしても、王も精霊王から何がしかの祝福を受けているのだろう。あるいは、ただ直感が優れているだけかもしれないが」

2人で話をしている間に貴族たちは退出していったようで、おとー様がにこにこしながら近付いてきた。

「シリウスは相変わらずだな。本人の目の前で相手を評するなんて、すごいよね～。しかも、評された私は、一国の王だよ。まあ、全てが誉め言葉だったから見逃すけど」

そう言うと、おとー様は私たちに向かい合う形のソファに座った。

「それで？　こんな朝早くから、2人揃って何事だい？　結婚の許可を求めてきたのなら、もちろん頷かないよ」

しかつめらしい表情でそう口にしたおとー様を前に、私はにこりと微笑んだ。

「よかったわ、じゃあ、だいじょーぶね！　私が頼みにきたのは、聖女になりたいってことだから」

「えっ？　だって、お前はまだ6歳じゃないか！　訓練をするのは早過ぎる……」

反対する様子を見せたおとー様だったけれど、何かに思い至ったのか、途中で言葉が途切れる。

「……そうか。成人前にもかかわらず、お前は精霊と契約しているのだったな。だから、聖女として働くことができるのか。だが、6歳だぞ!?　さすがに聖女として働くのは、早過ぎるだろう」

渋い表情を浮かべるおとー様を前に、私はソファから立ち上がると、勢いを込めて話をした。

「おとー様、たとえば私のように、生まれた時から目が見えない人がいるかもしれないわ！　だとしたら、私が成人する9年後ではなく、今すぐその人を治したいの。だって、まっくらやみしかない生活は楽しくないはずだから」

私のように、精霊のお友達がいない場合は。

私の話を聞いていたおとー様は、目に涙を浮かべると、物分かりがいい様子でうんうんと頷いた。

「な、何てセラフィーナは立派なんだ！　そうだよな、見えない間、お前はどれほど辛かったことか！　そんなお前のたっての願いだ。叶えないわけにはいかないよな。というか、セラフィーナが立派過ぎて、お父様は胸が熱くなったよ。よし、聖女になることを許そう！　だが、王女としての教育も詰まっているし、無茶をしてはいけないよ」

おとー様が泣きながら許可してくれる様子を見て、私は慌てておとー様のもとに駆け寄った。

正直に言うと、立派な王女になれなくても構わないので、王女教育よりも聖女の訓練を頑張りたかったけれど、生まれた時から離宮で暮らしていた私をきちんと育てたいと考えている両親の気持ちを知っていたので、走りながら頷く。

それから、私は飛びつくようにして、おとー様にぎゅううっと抱き着いた。

「ありがとう、おとー様！　私はがんばって、りっぱな聖女になるわね！　そして、シリウスと一緒に戦うから!!」

「は!?　ま、待て、セラフィーナ！　最後の一言はどういうことだ？　お前は病を治す聖女になるのであって、戦場に出る聖女になるわけではないよな!?　もしもシリウスと一緒に戦うとしたら、それは最前線だ!!」

驚いた様子で顔を覗き込んでくるおとー様に、私は笑顔で答える。

「ええ、すぐには無理だけど、たくさんれんしゅーしたら、シリウスに一緒に連れて行ってもらうの！」

すると、なぜだか真っ青な顔で見つめ返された。

「ダメだダメだダメだダメだダメだダメだダメだ!!」

おとー様はまるで何かの呪文であるかのように同じ言葉を繰り返すと、キッとシリウスを睨み付けた。

「シ、シリウス！　騎士団には多くの聖女たちがいるだろう！　お前は彼女たちに守ってもらえばいいじゃないか！　なぜよりにもよって、これほど幼いセラフィーナから守られたがるんだ!?　あああ、まさかシリウスに、幼児から守られたいという倒錯した趣味があるなんて!!」

シリウスは呆れた様子で唇を歪める。

「王、そのふざけた冗談は一旦脇に置いてください。オレがセラフィーナに守られたいのは、彼女が他のどの聖女よりも優れているからです。そのため、彼女が聖女としての道を歩むことを、オレ自身も要望します。今後、彼女が聖女としての訓練を積み、戦場に出ても問題ないと判断できた場合は、ともに戦場に出たいのです。その際は、オレが必ずセラフィーナを守ります。オレも悩みましたが……『幼いから』という理由で足を止めるには、彼女の能力は高過ぎる」

そう言うと、シリウスは真っ直ぐおとー様を見つめて、真摯な様子で頭を下げた。

「どうか彼女とともに戦うことをお許しください」

私もシリウスを真似して慌てて頭を下げると、手をぱちんと合わせる。

「おとー様、おねがい!」

しばらくの沈黙の後、おとー様は涙に濡れた声を出した。

「……ひぐううう、セラフィーナ、お前は何て立派なんだあああああ! 感動した、お父様は感動したぞ!!」

それから、おとー様はぎゅうううっと力を込めて私を抱きしめる。

「シリウスとの訓練が嫌になったら、いつだって戦う聖女を辞めていいからね! 病の治癒専門の聖女は素敵だし、回復薬作製専門の聖女だって魅力的なんだから! むしろお前は王女だから、聖女業務をやらなくてもいいんだからね!!」

「じゃあ、シリウスと一緒に戦ってもいいの？」

許してもらえたということかしら？　と確認すると、涙まみれのおとー様がうんうんと頷いた。

「だって、お前はまだ6歳なのに、そんなに立派な決意をしているんだから、認めないわけにはいかないよね。大丈夫、こう見えてもお父様は20年くらい前までは騎士だったから！　いざとなったら、私も一緒に戦うから!!」

その言葉を聞いたシリウスは、ものすごく嫌そうな顔をしたけれど、賢明にも沈黙を守っていた。

そのため、しんとした中、おとー様が言葉を続ける。

「セラフィーナのたってのお願いだから、私は了承するのだからね！　シリウスからのお願いだったら、私は絶対に頷かなかったから！　そもそもシリウスはいつだって正論ばっかり述べるから、私は好きじゃないんだよ！　彼自身が立派な道を歩んでいて、そのうえで正しい願いを口にされたら、反対した私が悪者に見えるからね！　いつだって実績を出している国の勇者が、正論で攻めてくるのは卑怯だよね!!」

そう言うと、おとー様は抱きしめていた腕を緩め、顔を上げて私を見つめた。

「高い能力を持って生まれた者は、相応の責任が伴う生き方をしなければならないというのは、理想的な考え方だ。だが、必ずしも理想的な生き方をする必要はないんだよ。加えて、お前はまだ6歳だ。これほど幼いうちから苦労する必要はないし、そもそもお前は王女なのだから、蝶よ花よと育てられていればいいのに」

「おとー様」

私を想ってくれる気持ちが嬉しくて、胸がいっぱいになっていると、おとー様は勢い込んで言葉を続ける。

「シャウラもお前と同じ赤い髪の王女だが、あの子はわざわざいばらの道を進もうなどと思いもしないよ。そして、セラフィーナ、私にとってはどちらも同じくらい可愛いお姫様なんだ。どんな道を進もうとも、2人とも同じように、最上級のお姫様として甘やかして育てるつもりだからね！」

そう宣言すると、おとー様はシリウスをもう一度、睨み付けた。

「シリウス、セラフィーナは我がナーヴ王国が誇る第二王女だ！　お前の大事な剣よりも丁寧に扱い、お前の大事な騎士たち以上に優しくするんだぞ!!」

「オレは自分が何を預るのかを理解しています。セラフィーナはこの世の何よりも貴重で、誰よりも尊き者ですから、他の何とも比べられないほど大切にします。……ああ、王、もう一つお許しいただきたいことがあります」

「えっ、これ以上まだ何か望むのか？　シリウス、お前は案外要望が多いな！」

おとー様は顔をしかめながら文句を言ったけれど、シリウスは気にした様子もなく望みを口にした。

「オレはセラフィーナに騎士の誓いを行います」

「…………は？」

シリウスの発言はおとー様にとって意外だったようで、ぽかんと口を開けると呆けたようにシリウスを見つめた。

けれど、すぐにはっとした様子で、押し止《とど》めるかのように両手を構える。

「いや、待て！　待て、待て！　それはどうなのだ？　確かに、お前から騎士の誓いを行われることは、セラフィーナにとってこれ以上はないほどの栄誉だが、……待て、考えさせろ！　お前が騎士の誓いを行った場合、完全にお前がセラフィーナの背後に付いていると、誰もが理解するよな？　それは……どうなのだろう？」

おとー様は腕を組むと、大きく首を傾けた。

「お前の存在は突出し過ぎている。セラフィーナの背後にお前がいるというのは、……誰の目にも、この子がこの国の影の支配者に見えるんじゃないか!?」

「大袈裟に考え過ぎです。オレはセラフィーナの騎士であろうとしているだけですから」

「だから、それが大変なことだと言っているんじゃないか!!　お前が忠誠を誓ったならば、騎士団の全ての騎士が、セラフィーナに対して同じように忠誠を誓い出すに決まっているんだからな!!　そのうえ、お前は国民から絶大な人気があるから、国民の誰もがセラフィーナを最上の者として扱い出すぞ!!」

必死で言い返すおとー様を、シリウスは大袈裟なことを言うとばかりに冷めた目で見つめる。

「王の心配はもっともですが、セラフィーナは王女ですから、そもそも耳目を集める存在です。オレの姫君になったとしても、少しだけ騒がれて終わりです」

「ああ、愚か者め！　お前は自分の影響力を分かっているつもりだろうが、私に言わせるとぜんっぜん分かっていないからな!!　それから、さり気なく『オレの姫君』とか男前発言をするのを止めろ！　え、お前はそんな言葉を発するタイプだったのか？　その顔でそんな言葉を発したら、完全に相手の心臓が止まるからな!!　次に同じことをしたら、『王女誑《たぶら》かし罪』で裁くからな!!」

おとー様がよく分からないことを言い出したため、シリウスは無言で立ち上がると、軽く頭を下げた。

「お忙しい中、時間をいただきありがとうございました。加えて、セラフィーナをオレに預ける許可をいただきありがとうございました。彼女の騎士として、全力でセラフィーナを守ることを約束します」

「ま、待て！　セラフィーナが聖女として戦うことは許したが、どうしてお前に預ける話になっているのだ？　それから、お前がこの子の騎士になる話は保留だ!!　お、おい、シリウス、聞いているのか!?」

焦るおとー様に対して、シリウスはさらりと答えた。

「セラフィーナを預かり、全力で守るのですから、誓おうが誓うまいがオレが彼女の騎士になることは間違いありません。それでは、王もお忙しいでしょうから、これにて失礼します」

そう言うと、シリウスはおとー様の腕の中にいた私を抱き上げ、一礼して王の執務室を出て行った。

その間、おとー様が大きな声で何事かを叫んでいたけれど、シリウスの歩みが緩むことはなかった。

扉が閉まるのを待たずに、すたすたと廊下を歩き出すシリウスに向かって、私は首を傾げる。

「シリウス、おとー様は許してくれたのよね？　がんばって立派な聖女になったら、シリウスといっしょに戦場へ行けるの？」

間近で2人の話を聞いてはいたものの、雑談が多すぎたため、途中で話の内容が分からなくなったのだ。

シリウスは足をとめると、凜とした声を出した。

「ああ、王からは許しをいただいた。ところで、セラフィーナ、オレには長年夢見てきた理想の戦い方がある。お前にその形を押し付けるつもりはなかったのだが、お前は初陣で、オレの理想をさらに超える形を見せてくれた。つまり、お前は既に十分立派だから、これ以上頑張る必要はない。オレの方こそ、お前を守れる騎士になれるように努めよう」

「まあ、王国一の勇者さまに褒められたわ！」

シリウスの言うことは難し過ぎてよく分からなかったけれど、褒められたことは分かったので、嬉しくなって手を叩く。

すると、シリウスは一瞬黙り込んだ後、胸の前で抱き上げていた私をさらに高く抱き上げ、彼の肩の上に座らせた。

「勇者に褒められるような姫君には、特等席を用意しないといけないな」

「うふふふふ」

視界が高くなって楽しくなり、笑い声を上げる私を、シリウスはおかしそうに見つめてきた。

「さて、近衛《このえ》騎士団の編制は終わっていたのだが、お前が聖女として戦ってくれるのであれば、全面的に人員を見直さなければならないな。……より実戦向きの者たちに」

「それは、カノープスみたいな人たちってこと？」

「ああ、そういう者たちだ」

シリウスは私の言葉をさらりと肯定すると、元いた私室に送り届け、扉の前で楽しそうな表情を浮かべた。

「では、次に会った時はお前の近衛騎士団を披露しよう。セラフィーナ、オレの全力を出すから、期待しておいてくれ」

そして、珍しくも笑いながら去って行ったので、あんまり表情には出ていなかったけれど、おとー様のお許しが出たことが、本当はすごく嬉しかったんじゃないかしらと思う。

私はシリウスの後ろ姿に手を振ると、ずっと後ろに付き従ってくれていたカノープスを見上げた。

「シリウスが全力を出して近衛騎士団を創るんですって。楽しみね！」

「……お言葉を返すようで申し訳ありませんが、私はちっとも楽しい気持ちになれません。恐怖を覚えています」

浮かれていたシリウスとは異なり、カノープスは生真面目な表情で、大きな体をぶるりと震わせた。

その対比がおかしくて、私はふふふっと笑う。

「まあ、カノープスったら。あなたのような騎士がそんなにたくさんいるはずないから、シリウスのじょーだんだと思うわよ」

その時の私は本気でそう考えていたのだけれど……私は知らなった。

シリウスは下手な冗談は言うけれど、『約束』の形にした言葉に、冗談を交じらせることはないということを。

知らなかったからこそ、面白い冗談ねーと言いながら、その時の私はカノープスと笑っていられたのだ。

――――平和とは、無知の上に成り立っているのである。

創設！　赤盾近衛騎士団

「セラフィーナ・ナーヴ王女殿下、オレに同行願えますか？」

私室の椅子に座り、大きな口を開けてクッキーに齧《かじ》りついていたところ、シリウスが現れて、聞いたこともないような丁寧な言葉で話しかけてきた。

一体どうしたのかしら、と思ったものの、それ以上に気に掛かるクッキーが入ったお皿に目をやる。

シリウスを待たせてクッキーを食べるわけにはいかないけれど、このままクッキーを残していったら、もう食べないものだと判断されて、侍女にお皿ごと片付けられるのじゃないだろうか。

そう考えた私は、手に持っていたクッキーを口の中に押し込むと、空いた両手でお皿の上に残っていたクッキーを手に取り、ドレスのポケットに全てしまい込んだ。

「………………」

シリウスは無言で一連の動作を眺めていたけれど、見間違いようのないほどはっきりとため息をつく。

まあ、シリウスに同行するという彼の要望に応えつつ、きちんとおやつのクッキーを確保する私の素晴らしい手腕を褒めるべきだと思うのに、呆れた眼差しで見つめてくるのはどういうことかしら。

そう不満に思いながらも、クッキーの欠片がついた両手を舐めるべきかどうかと悩んでいると、シリウスがポケットからハンカチを取り出して、私の両手を拭ってくれた。

それから、丁寧な仕草で白手袋をはめた片手を差し出してくる。

「よろしいですか、王女殿下」

あくまで丁寧な言葉を崩さないシリウスを見て、これは一体何の遊びなのかしら、と疑問に思いながらも、楽しくなった私は両腕を広げる。

「王女殿下はクッキーを食べそこなったので、元気がないのよ！」

元気いっぱいにそう答えた私を、シリウスは呆れ顔で見つめたものの、慣れた手付きで抱き上げた。

「それでは、元気なオレが抱きかかえて差し上げましょう。これからローズガーデンに参ります」

王族は皆、それぞれを識別するために、個人個人で専用の「御印」を持っている。

私の場合は、「赤い薔薇」が印となっているのだけれど、私をイメージして作られた庭が王城内にあって、それが「ローズガーデン」と呼ばれているのだ。

まあ、一体何を企んでいるのかしら、と抱きかかえられたまま運んでいかれると、そこには立派な体格をした騎士たちが20名ほど整列して立っていた。

全員が、見たこともない赤い騎士服を着用している。

シリウスは彼らの正面に位置する場所まで歩を進めると、私を地面に降ろし、自ら騎士の礼を取った。

「セラフィーナ王女殿下、こちらがあなたの近衛騎士団、『赤盾《せきじゅん》近衛騎士団』になります」

「えっ！」

確かにシリウスから近衛騎士団を立ち上げると聞いてはいたけれど、こんなにたくさんとは思わなかった。

「こ、こんなにたくさん！　カノープスとあと2人くらいだと思っていたのに」

近衛騎士が3人もいてくれれば、私1人を守るには十分な人数だと思うのだけれど。

そう思うままに発言すると、シリウスから呆れた表情で見つめられる。

「3人ぽっちの近衛騎士団だと？　さすがにそれは、団として成り立たないだろう」

「いいえ、私の騎士団なら、十分なりたつわよ！　というか、よかったわ。やっといつものくちょーに戻ったわね！　でも、こちらのみなさんは、すごく強そうね」

ぐるりと見回してみたけれど、誰もが大きくて、逞しくて、強そうだ。というか実際に強いように思われる。

シリウスは彼自身が発言した、『カノープスのような騎士を集めよう』との言葉を、本当に実践したようだ。

まあ、私のためにシリウスは頑張ってくれたのね、と嬉しくなって、隣にいるシリウスにぽふんと抱き着く。

すると、整列していた騎士たちが仰天した様子でびくりと体を跳ねさせた。

そのため、どうしたのかしらと顔を向けようとしたけれど、その前にシリウスから頭を撫でられたため、居並ぶ騎士たちに向きかけていた注意がシリウスに戻る。

「気に入ったか？」

そう尋ねてくるシリウスは、とっても誇らし気だった。

シリウスは騎士であることに誇りを持っているし、騎士たちを一番尊重しているので、宝物を見せるような気持ちで騎士たちを披露したのだろう。

彼のそんな気持ちは理解できたし、集められた騎士たちが本当に選りすぐりだったため、嬉しさと申し訳なさが一緒になった気持ちを素直に口にする。

「ええ、シリウス、ありがとう！　とってもすばらしい騎士たちだわ!!　でも、こんなにとってもきの騎士たちを集めてきて、角獣騎士団の方はだいじょーぶなの？」

私の質問を聞いたシリウスは、声を上げて笑い出した。

本当にご機嫌のようだ。

一方、彼の後ろに整列している騎士たちはぎょっとしたようにシリウスに視線をやると、恐ろしいものを見たとばかりにさっと目を逸らした。

そのことに気付いているのかいないのか、シリウスは楽しそうに口を開く。

「ははは、オレにとって最も守るべき者はお前だ。そのために、赤盾近衛騎士団に最適の人員を配置したまでだ。お前の言う通り、いずれ近衛騎士団の方が角獣騎士団よりも戦力が上になるかもしれないな」

「まあ」

これはシリウスお得意の下手な冗談なのだろうか。

首を傾げる私に、シリウスは冗談なのか、本気なのかよく分からない言葉を続けた。

「全員が精鋭中の精鋭で、魔物討伐の経験も豊富に持っている。そのため、お前の護衛をすると同時に、お前が聖女として戦場に立つ際にはともに戦うだろう。まずはこの人数で試してみるが、必要とあらばもっと増やすつもりだ」

「えっ、もうすでに多すぎるわよ！　これ以上増やすなんて、じょーだんよね？」

びっくりする私に、シリウスは返事をすることなく、1人の騎士を紹介した。

30代半ばとおぼしき金髪の大きな騎士は、一歩前に進み出ると、爽やかな笑みを浮かべる。

「セラフィーナ様をお守りする赤盾近衛騎士団団長を仰せつかりましたデネブ・ボニーノと申します」

その笑顔がとても優しく見えたため、嬉しくなった私はにこりと笑い返した。

「はじめまして、セラフィーナ・ナーヴです。よろしくお願いします」

私の挨拶に、デネブ近衛騎士団長はもう一度微笑んでくれた。

その後は騎士たちの自己紹介が始まり、私は20名にも及ぶ騎士たちの名前を一度に教えてもらったのだけれど……結果として、自分の記憶力の貧弱さを理解することになった。

むむーん、20名の名前を一度に覚えるなんて、絶対に無理だわ。

次から次に自己紹介をされたため、誰が誰だかちっとも分からない。

そう心の中で零したところで、さきほどしまい込んだクッキーがポケットの中に入ったままだったことを思い出す。

私はポケットから2枚のクッキーを取り出すと、1枚をシリウスの口の中に突っ込んだ。

「シリウス、とっておきのクッキーよ！　これできおく力がよくなるはずだわ」

「ぐむ、記憶力を必要としているのはお前で、オレではないのだが……甘いな。(オレは甘いものは食べないのだが)確かに、普段にない刺激を受けて、脳が活性化したようだ」

「うふふふふ」

私は笑いながら、もう1枚のクッキーを齧った。

そんな私をシリウスはおかしそうに見つめると、ぽつりと呟いた。

「どうせお前は近衛騎士団長の名前くらいしか覚えていないのだろう。クッキーの力に頼ることで、2人目の名前を覚えられれば重畳だな」

「ふぇ？　なんれすって、シリミュス？」

「いや、活舌が悪くてはっきりとは聞き取れないが、今発音したのはオレの名前だな？　多くの名前を一度に聞いたことで、既存の記憶内容にも問題が出てくるかと心配したが、オレの名前を忘れていないようで安心した」

そう言うと、シリウスは楽しそうに笑い声を上げたのだけれど、そんな彼を見て、騎士たちは顔を引きつらせていた。

そのため、どうして騎士たちは顔を引きつらせたのかしらと不思議に思う。

シリウスが恐ろしいはずもないだろうから、クッキーが食べたかったのかしら？

今日はシリウスと私の分しかクッキーがなかったから、今度はみんなの分も差し入れた方がいいわね。

私はそう考えながら、シリウスの腕の中で、残りのクッキーをがじがじと齧ったのだった。

【挿話】第二王女殿下の近衛騎士団

セラフィーナへの近衛騎士団の披露目が行われる数日前のこと――


その日、騎士団に属する王都勤務の全ての騎士が、演習場に集められた。

そして、第二王女殿下専用の近衛騎士団が創設される旨が発表された。

しかし、集まった騎士たちにとっては寝耳に水の話だったため、一瞬にして、辺りはざわめきに包まれる。

なぜなら騎士団の中には既に、王族警護を専門の職務とする第一騎士団があったからだ。

そして、国王であろうが、第一王子であろうが、全ての王族の警護業務は、第一騎士団によって担われていたからだ。

にもかかわらず、第二王女専用の近衛騎士団が編制されるということは、彼女に特別な価値があることを意味していた。

――もちろん、公にされていないことだが、セラフィーナには特別な価値があった。

『精霊王の祝福』である金の瞳を生まれ持ち、精霊の言葉が分かり、6歳でありながら既に子どもの精霊と契約をしていたのだから。

そのことを理由に、シリウスは王に対して近衛騎士団の創設を強く希望し、対する王も全面的に同意した。

なぜなら王は、セラフィーナの立場に不安を感じていたからだ。

セラフィーナが最近まで王城以外の場所で暮らしていたことは、誰もが知るところだ。

そのため、もしも『生まれた時から盲目だった』との離宮暮らしの理由が判明すれば、ひどい風評被害を受けるかもしれない、との不安に王は苛まれていたのだ。

したがって、近衛騎士団を設けることで、彼女に特別な価値があると知らしめることを王はよしとしたのだ。

――――が、事情を知らない騎士たちは、皆一様に訝し気な表情を浮かべた。

『第二王女殿下はわずか6歳であるはずだ。しかも、長らく遠地で過ごされていた。そのような王女に、特別扱いをするほどの価値があるのか』と、考えながら。

そんな中、第一騎士団長であるカウス・アウストラリスが近衛騎士団のメンバーを発表し始める。

「ミアプラキドス・エイムズ！」

「はい！」

「ミラク・クウォーク！」

「はい！」

「シェアト・ノールズ！」

「はい！」

異動者の名前が呼ばれるにつれて、その場はどんどん異様な雰囲気に包まれていった。

なぜなら各団の精鋭中の精鋭が、次から次に引き抜かれているからだ。

「……おい、嘘だろ。シェアトまで呼ばれたぞ！　これで第一騎士団のトップ3が全員、近衛騎士団に異動じゃないか！」

「それだけじゃない、第二騎士団からもミラクをはじめ精鋭が上から抜かれていっている。どういうことだ？　第二王女はまだ6歳だよな？　その専属として、何人騎士を付けるつもりだ!?」

どんどんとざわめきが大きくなる中、第一騎士団長は最後に1人の名前を呼んだ。

「デネブ・ボニーノ第二騎士団長！」

その瞬間、辺りは水を打ったように静まり返った。

しんとした沈黙の中、第一騎士団長は言葉を続ける。

「デネブ騎士団長は現在の職位を解き、新たに近衛騎士団長の職位に就くこととする。以上だ」

カウス第一騎士団長とともに騎士団の要であったデネブ第二騎士団長までもが、近衛騎士団に異動するとの話が公表され、騎士たちの誰もが驚愕していると、シリウス騎士団副総長が一歩前に進み出た。

シリウスは集まった全員を見回すと、表情を変えないまま口を開く。

「今回の異動者は、全てオレが選定した」

その一言で、全員がびくりと体を強張らせた。

それまでは政治的な意味があるのだろうかとか、呼ばれた騎士たちは何らかの失態を犯していて、まとめて降格させられるのだろうかとか、様々に考えを巡らせていた騎士たちだったが、シリウスの決断であれば、それは正しい処置なのだろうと思い直したからだ。

全員が耳をそばだてる中、シリウスは言葉を続ける。

「セラフィーナ第二王女は聖女であり、その存在は我が王国にとっての掌中の珠だ！　今後は、そのことを理解したうえで彼女に仕えろ！　近衛騎士団への異動者は、その能力に相応《ふさわ》しい業務が割り当てられるだろう。異動する者も、それ以外の者も、どちらも気を引き締めて業務に当たれ!!」

「「はっ!!」」

――――シリウスには人を従わせるカリスマがある。

そのため、騎士たちは『シリウスの決定であれば』と、ただそれだけで無条件に決定内容を受け入れたのだった。

これほどの人員を異動させるのであれば、きっと何か理由があるのだろう。

そのことは、自分たちで把握すればいい――――とそう、騎士たちは考えたのだ。

そんな風に選定された近衛騎士団の騎士たちだったが、実際に第二王女を目にした時の共通した感想は、「年齢相応の幼い王女殿下だな」ということだった。

外見から分かるのは、精霊に好まれる赤い髪をしているということだけだ。

そのため、騎士たちは皆、近衛騎士団が設立されたことについて、改めて疑問を抱いた。

幼い王女に対して大掛かりな近衛騎士団が立ち上げられた理由は、実際に王女に相対すれば分かるに違いないと考えていたが、間近で王女を眺めてもさっぱり分からなかったからだ。

戸惑っている騎士たちを尻目に、セラフィーナはとっとっと小走りでシリウスに近寄ると、慣れた様子で抱き着く。

そのため、騎士たちはぎょっとして目を見開いた。

なぜなら騎士たちにとって、シリウスは神聖不可侵のカリスマだったからだ。

誰もが彼のことを雲の上の存在だと考えていて、業務にかこつけて何とか話ができる相手だと恐れおののいていたのに、王女はそんなシリウスに気軽に抱き着いたのだ。

皆が無言で成り行きを見守っている中、シリウスは咎めるどころか、彼女の頭を撫で始める。

そのため、騎士たちは全員、信じられない思いで目の前の光景を凝視した。

彼らの知っているシリウスの興味は常に騎士道を極めることにあり、それ以外のものに興味を示

◇　◇　◇

したことなど一度もなかったからだ。

もっと言うならば、いつだって冷えた眼差しをしていて、何かを特別に楽しんだり、可愛がったりする姿など一度も見たことはなかったのだ。

にもかかわらず、シリウスは今、皆の目の前でセラフィーナ王女を明らかに慈しんでいた。

対する王女も、彼に気安く話しかけると、「シリウス」と名前で呼んでいた……そのような特権は、他の王子・王女方は誰一人許されていなかったにもかかわらずだ。

そのため、シリウスがセラフィーナを大事に思っており、特別扱いをしていることを、騎士の誰もが理解した。

その時。

「わあ、これはまたすごいメンバーを集めたものだね！」

陽気な声がしたかと思ったら、至尊の冠を戴く国王がひょっこりと姿を現した。

「「「こ、国王陛下!!」」」

騎士たちはびくりと体を強張らせると、すぐに背筋を正して騎士の礼を取る。

しかし、国王は片手を振ると、「セラフィーナを見に来ただけだから、気にしないでくれ」とにこやかに返事をして、王女に近付いて行った。

「セラフィーナ、お前の大好きなお父様だよ！　そして、そのお父様がお前のために、とっておきの騎士たちを選んであげたよ！　ちょうどお前への披露目が行われていたようだが、どうだい。全員が強いうえに、近衛騎士団に相応しい見目麗しい騎士たちだろう」

王の言葉はセラフィーナに対するいつものアピールだったが、そのことを知らない騎士たちは心の中で独り言ちる。

(えっ、国王陛下がオレたちを選ばれたのか？　先日の副総長の言葉から、副総長がオレらの資質を見極められ、この団の業務に相応しいと判断されて選ばれたのかと考えていたが、そうではなかったのか？)

(シリウス副総長が『近衛騎士団への異動者は、その能力に相応しい業務が割り当てられるだろう』と言われたので、新たなやりがいがある役目を与えられるのかと期待していたが、詰まるところは王が大事にしている王女の護衛だったのか。……冷静に考えたら、近衛騎士団の業務として、王女を護る以外の仕事があるはずもなかったな)

そして、誰もが同じ結論を導き出した。

(王にしても、副総長にしても、第二王女殿下が心底大事なのだ。だからこそ、彼女を護る業務は何物にも勝る至上の業務だと考えておられるのだろう。恐らく、近衛騎士団での業務は、これまでのものと比較するとやりがいは落ちるだろうな)

そして、そんな彼らの結論を補強したのが、シリウスの一言だった。

「10日後、セラフィーナを連れて西海岸に休暇に行く。滞在期間は1週間の予定だが、状況次第では延びるだろう」

「「「えっ!?」」」

その言葉を聞いた騎士たちは、驚愕で目を見張る。

なぜならこれまで一度も、シリウスが私用のために長期休暇を取ったことはなかったからだ。

それなのに、第二王女を連れて王国の西海岸まで休暇に行く、というのは普段のシリウスを知っている者たちからすれば、全く彼らしからぬ行動だった。

驚愕する騎士たちの中から1歩進み出たデネブ近衛騎士団長が、生真面目な表情で質問する。

「シリウス副総長、護衛には我々の他に第一騎士団の者も連れていかれるのでしょうか？」

それは当然の質問だった。

近衛騎士団の守護対象者はセラフィーナ王女のみであり、普段、シリウスの警護を担当しているのは第一騎士団だったからだ。

しかし、シリウスは戸惑った様子で髪をかきあげる。

「いや、オレの護衛は不要だ。セラフィーナの護衛もオレ1人で対応可能だが……そういうわけにはいかないのだろうな」

シリウスはちらりとデネブ団長の顔色を窺ったが、彼は重々しく頷いただけだった。

そのため、シリウスは諦めた様子で続ける。

「休暇にぞろぞろと騎士を連れていくのはどうかと思うが、せっかく近衛騎士団を発足させたのだから有効活用するべきだろうな。近衛騎士団が付いてくるのであれば、護衛はそれで十分だ」

きっぱりと言い切ったシリウスを見て、デネブ近衛騎士団長は無言になった。

シリウスは騎士団の副総長で、王家の一員で、この国でも3本の指に入る重要人物だ。

自ら護衛役となれるような気軽な身分ではないのに、いまだに己の重要性を理解していないどころか、一介の騎士よろしく護衛役を買って出ようとする。

困ったものだと思うものの、そもそも彼自身が騎士団一強いのだから、誰一人強く諌《いさ》めることができないのだ。

だが、そうだとしても、第一騎士団にも果たすべき役割があるため、彼らを連れて行かないわけにはいかないだろう、と考えながらデネブ団長は口を開いた。

「それでは、騎士たちを業務に慣らす意味も兼ねまして、近衛騎士団全員で同行することにしましょう」

それから、デネブ団長は心の中で、『加えて、第一騎士団と情報を共有し、せめて数名の騎士を出してもらうことにしましょう』と付け加えた。

いずれにしても、初の大きな仕事が王女の休暇に同行する護衛業務であることから、今後の業務の内容も似たようなものであろうことが、デネブ団長には推測できた。

そのため、彼はどうしたものかと考える。

なぜなら近衛騎士団へ配属されたのは、これまで第一線で活躍してきた騎士たちばかりだったからだ。

このメンバーであれば、近衛騎士団の業務とこれまでの業務とを比較し、挑戦しがいのある内容ではなくなっただとか、退屈だとか感じるかもしれないと懸念されたからだ。

「だが、そこは発想を転換してもらうしかないな」

これだけの生え抜きを一つの団に集めることは、今後二度とないだろう。

力がある者同士を一緒にすると、得てしてトラブルが発生するものだが、ともに業務にあたることで、仲間の騎士たちを尊重してもらいたい。

そして、切磋琢磨しながら騎士道に励んでもらいたい。

「……そうなってくれるといいのだが」

デネブは祈るような気持ちで、希望的観測を抱いたのだった。

◇　◇　◇

しかし、蓋を開けてみると、新たに発足した近衛騎士団は、デネブ団長の希望的観測通りに機能しているように見えた。

騎士たちは新たな職場に物足りないと不平を言うことなく、大きな諍いを起こすこともなく、近衛騎士団の一員であることを受け入れていたからだ。

端的に言うと、近衛騎士団に配属された全員が根っからの騎士だったため、与えられた仕事に全力で取り組むことが基本姿勢になっていたことと、仮に心の中で物足りなさを感じていたとしても、そのことを表に出すような者は1人としていなかったことが理由だった。

加えて、集められた騎士たちにとって、長らく離宮で暮らしていたセラフィーナは、斬新にも危なっかしくて庇護欲をそそるようにも見えたため、誰もが率先してセラフィーナを護衛しており、そんな王女の前で争おうとする者がいなかったことも良い結果につながった。

そのため、近衛騎士団は非常に上手く機能していたが、そんな中、カノープスに加えて、特に2人の騎士が甲斐甲斐しくセラフィーナの世話を焼いていた。

1人は、第一騎士団で第3位の席次にいたシェアト・ノールズという右半分が赤髪で左半分が黄髪の派手な顔立ちをした騎士だ。

長身で筋肉質のシェアトは、元来、自由闊達な性格だったが、規律の厳しい前の所属では本来の性格が押さえつけられており、『超寡黙で超真面目』と認識されていた。

……のだが、異動してわずか3日目で、既に本来の性格が顔を出し始めたようだった。

その日、午後からの護衛担当となっていたシェアトは、勤務場所の裏庭でセラフィーナに陽気な声を掛けたが、その口調も内容もこれまでの所属では決して見られないものだったのだから。

「セラフィーナ様、今日も『雑草の庭』で草摘みですか？　午後になって日差しが強くなってきたので、摘んだ草を籠に入れてもすぐに萎れてしまいますよ。水を張ったバケツを持ってきましょうか？」

「ううん、だいじょーぶよ！　この草はかざるわけではないから」

対するセラフィーナは、シェアトに向かってそうお断りを入れた。

滅多にないことだが、カノープスが体調を崩していたので、彼女はこれらの薬草を使用して回復薬を作るつもりだったのだ——魔法をかければ早いのだけれど、カノープスはものすごく弱っているにもかかわらず、『絶対にうつすわけにはいきませんから』と言い張って、部屋に入れてくれないのだから。

セラフィーナの言葉を聞いたシェアトは、籠の中から薬草を摘まみ上げる。

「飾らないとしたら、この草を夜食にでも食べるんですか？　女性騎士は『草は美容と健康にいいのよ！』といつだって言っていますが、オレは草を食べてまで健康になろうとは思わないですね」

セラフィーナは何かを説明しようと思ったようで、地面にしゃがみ込んだまま大柄なシェアトを見上げたけれど、……彼を見た途端、びっくりして目を丸くした。

「まあ、シェアト！　どうしてじょーはんしんが裸なの？　もしかして騎士服をぜんぶなくしてしまったの？」

「ははは、違いますよ！　1週間後の西海岸行きの準備をしているだけです。シリウス副総長から西海岸では騎士服を着用せずに、私服で参加するようにとお達しがありましたからね。考えてみれば当然ですよね？　2ダースもの王国騎士を引き連れる御一行様なんて、超ＶＩＰだと喧伝しているようなもんですから」

シェアトの言葉に、セラフィーナは興味深そうに頷く。

「まあ、そうなのね」

「旅行先はビーチですから、上は軽くシャツを羽織るくらいになるんでしょうが、オレは普段から騎士服をかっちりと着ているため、騎士服の下は見ての通りなまっちろいんですよ。知っていますか、セラフィーナ様。その場所、その場所によって人の価値基準は大きく変わるんです。騎士団では強い者ほど価値が高くなるのですが、ビーチでは黒い者ほど価値が高くなるのです！」

「えっ、そうなの!?」

セラフィーナは驚いて目を丸くした。

その表情は、『そんなこと知らなかったわ！』と訴えており、そんなセラフィーナに対してシェアトは過剰な演技で応える。

つまり、何かに耐え忍ぶかのように顔をしかめて、片手で両目を押さえたのだ……実際には、見上げた太陽が眩しかっただけかもしれないが。

「そうです！　そして、オレは忠実なる騎士として、セラフィーナ様に恥をかかせるわけにはいかないと、心から考えています！　そのため、今日は日差しが強いので、できるだけ体を焼いておきますね!!」

シェアトはそう言うと、両目を押さえていた片手を外し、邪気のない顔でにっこりと微笑んだ。

よく見ると、シェアトは上半身が裸なだけではなく、ズボンも膝上まで折り曲げているうえに裸足だった。

……彼の様子を見る限り、『自由な性格が顔を出し始めた』と言うよりも、何をしても、何を言っても、興味深気に瞳を輝かせているセラフィーナに仕えたことで、『タガが外れた』ようだった。

「シェ、シェアト、お前、何だその格好は!?」

「お前、王女殿下の御前で、さすがにそれは――――!!」

遅れて現れた同勤の騎士たちは、半裸のシェアトを見て驚愕の声を上げたが、セラフィーナは感心した表情を浮かべると皆をたしなめる。

「あっ、ちがうのよ！　実はね、ビーチでは黒い者がさいきょーなのよ！　だから、シェアトは私の騎士として、さいきょーの姿になろうとしてくれているの!!」

「え？　は？」

「シェ、シェアト、お前という奴は、純粋なセラフィーナ様に何ということを吹き込んだのだ!!」

シェアトに詰め寄る2人の騎士に対し、セラフィーナはのんびりとした声を上げた。

「ふふふ、今日は日差しが強いから、体を焼くにはもってこいらしいのよ。2人ともシェアトのようににっこーよくをしたらどうかしら？」

「い、いや、オレたちは……」

「さ、さすがにそのような姿で護衛するわけには……」

弱々しく言葉を紡ぐ騎士たちを誘惑するかのように、シェアトが詰め寄る。

「オレを見たら分かるように、騎士が裸になったら首から下は一切、陽に焼けてないからな。服との境が分かるなんて、ビーチではみっともないぞー」

騎士2人は一瞬、シェアトに説得されたそうな表情を見せたけれど、すぐに気を取り直したように反論の姿勢を見せた。

「い、いや、大丈夫だ」

「あ、ああ。2、3日も滞在すれば、自然と陽に焼けるだろうから問題ない」

2人の言い分を聞いたシェアトは腕を組むと、否定するかのように首を横に振る。

「そこだよなー。全員がおっそろしいほど筋肉マッチョな団体なのに、服の痕があるって……普段はかっちりと服を着て仕事をしている騎士だと、正体を明かすようなものじゃないか。副総長から身分を隠すために私服を着用しろとお達しがあったが、お前らのなまっちろい肌で台無しにするつもりか!?」

「「!!」」

――――シェアトの説得が功を奏したのか、5分後には、城の裏庭に半裸で護衛対象を見守る騎士たちの集団ができあがったのだった。

さて、シェアトに加えてもう1人、セラフィーナの世話を甲斐甲斐しく焼く騎士がいた。

第二騎士団で第2位の席次にいたミラク・クウォークという薄桃色の髪の騎士だ。

小柄で童顔のミラクは、少年のように甘やかな雰囲気を漂わせながらも、大変面倒見がよかった。

そのため、大雑把で気が利かない騎士たちの中で、率先して事細かにセラフィーナの世話をする彼は、同僚の騎士たちから『保護者』と呼ばれていた。

（ちなみに、これは近衛騎士団最大の禁断の秘密だが、騎士たちは心の中でシリウスを『過保護者』と呼んでいた。もちろん、絶対に誰も、酔った時以外は口にしなかったが）

そんなミラクはセラフィーナに頼まれていた赤いリボンを持ってきたところで、半裸の騎士たちに出くわした。

楽しそうに歌を歌いながら草を摘む王女殿下と、周りにたむろする半裸で裸足の騎士たち。

その光景を見たミラクは剣呑な表情を浮かべると、腰の剣に手を掛けた。

「まっ、待て、ミラク！　ただの日光浴だから！　ほら、こんな立派な体格で指先まで白い者なんて、手袋をする騎士くらいしかいないから！　王女殿下が一般人として西海岸で楽しめるように、騎士である痕跡を消しているだけだ」

見かけによらずミラクが短気なことを知っているシェアトは、白い指先を見せつけながら慌てた声を上げる。

しかし、ミラクは目を細めると、硬質な声を出した。

「ほう、そうか。僕はまた、質《たち》の悪い魔物が騎士に化けているのかと思ったよ。あるいは、おかしな術を掛けられた騎士たちが、城の庭を大浴場と勘違いしているのかと。いずれにしても、セラフィーナ様のお目汚しにしかならないから、処分することが適当だろうな」

そう言うと、ミラクは少しだけ剣を鞘から抜いたので、シェアトは焦った声を上げる。

「お、落ち着けミラク！　お前の目には奇妙に映るかもしれないが、騎士服をかっちり着ることだけが騎士の仕事じゃない！　オレらはセラフィーナ様のためにやっているんだから」

けれど、ミラクはシェアトの訴えに心を動かされた様子もなく、片方の眉を不快そうに吊り上げた。

「シェアト、セラフィーナ様にひどい要望を突き付けるのはいい加減にしたらどう？　僕らが向かうのは王族専用のプライベートビーチだ。君がどれだけ自慢の体をしていたとしても、騎士たち以外に見せる相手はいないし、浜辺で数日も過ごせば、すぐに全身が焼けて服の痕など分からなくなるはずだ」

「えっ！」

後ろで聞いていたセラフィーナが驚きの声を上げる。

シェアトはそんなセラフィーナを安心させるように笑顔を見せた後、ミラクに向かって顔をしかめた。

「ミラク、それはあくまで理想論だ！　理想通りに物事が進むことなんて、まず滅多にないんだから、不測の事態が起こった時のために、オレは今できることを全てやっておきたいんだ!!」

シェアトの言葉を聞いたセラフィーナは、驚きの表情から一転、感心した表情を浮かべる。

「ううう、カッコいい！　シェアトのセリフはものすごくカッコいいわ!!　『できることは全てやっておきたい』ってセリフは、ものすごくいいわね!!　私もつかおっと」

「セラフィーナ様……」

あまりにも簡単に騙される護衛対象に、ミラクは頭痛を覚えたような表情を見せたけれど……次の瞬間、キッとまなじりを吊り上げるとシェアトを見やった。

ミラクはシェアトよりも1歳年上の23歳のため、自由奔放に行動するシェアトをたしなめるのが役目と思っているらしく、今日もその役目を果たそうとしているようだ。

小柄で童顔のミラクが長身で体格がいいシェアトを説教する姿は傍から見ると楽しくもあり、誰もが2人を放置したため、裏庭にはしばらくミラクが説教をする声が響き続けたのだった。


「…………」

そんな騎士たちを、離れて観察する者が1人。

近衛騎士たちを指導する立場にあるデネブ団長だ。

団長の存在に気付かない騎士たちは、半裸姿でウロウロと第二王女の周りをうろついていた。

それらの姿を見たデネブ団長は、物陰から飛び出していって、騎士たちを怒鳴りつけたい衝動を覚えたが、必死に感情を抑えつけると、しばらく騎士たちの様子を眺めていた。

それから、セラフィーナが楽しそうに笑っている姿を確認すると、無言のまま踵を返した。

いくら人の目がない裏庭とはいえ、護衛対象の前で騎士服を脱ぐのは騎士として大問題だ。

そのため、全員を叱りつけたい気持ちはあるのだが……前回、似たような事案が起こって騎士たちを怒鳴りつけた際、側にいたセラフィーナが俯いて涙目になったのだ。

『デ、デネブ団長、騎士たちがおこられるようなことをしていたのは、私がゆるしていたからなの』

――恐らく、デネブ団長がこの場から出て行って騎士たちを叱り付けたら、半裸状態を許容していたセラフィーナを非難することになるし、騎士たちが怒られる姿を見た彼女はしょげ返るだろう。

「セラフィーナ様はお優しいからな。加えて、まだ年若いにもかかわらず、遊び相手になる子どもが一切周りにいないから、騎士たちにそういう役割を求められているのかもしれない。そうだとしたら、護衛の役目さえきっちりこなしていれば、少しくらいの緩さは見逃すべきかもしれないな」

そう自分に言い聞かせながらも、デネブ団長は『しかし、あれを「少しくらいの緩さ」と表現していいものなのか？　アウトじゃないか？　アウトだよな!?　むむむ』と心の中で葛藤していた。

ぶつぶつと独り言を言いながら、デネブ団長は大きなため息をつく。

「いずれにしても、セラフィーナ様が子どもらしい楽しみを味わう機会を奪ってしまうのはよくないな。それに、各団から優秀な騎士たちを集めたことでトラブルになるかと思ったが、セラフィーナ様のお人柄のおかげで衝突はなさそうだし、ここは大目に見るべきか」

幼い王女はいつだって楽しそうににこにこしているので、騎士たちも毒気を抜かれて、争う気持ちが削ぎ落とされるようだ。

代わりに、子どもの喧嘩のような言い合いを繰り返しているのは、立派な騎士としていかがなものかと思うが。

「それにしても……一体どうしてシリウス副総長は、これほどのメンバーを近衛騎士団に集められたのだろうな？」

近衛騎士団を結成すると聞いて以来、デネブ団長の中で解けない疑問となった問いを、ぼそりと口の中で呟く。

「どう考えても、戦力過多だろう」

オレにはまだシリウス副総長の考えが読めないな、とデネブ団長は残念そうに呟いたが、――一流の騎士たちを集めた理由を理解した時、彼は『知らなかった頃は平和だったな』と、この頃を懐かしむことになるのである。

【SIDEカノープス】セラフィーナ薬師と病身の護衛騎士

「カノープス、いーれーて」

コンコンと騎士寮の私室の扉がノックされる音とともに、可愛らしい声が響く。

その声が誰のものであるかを理解した途端、私は寝台から半身を起こすと、できるだけ大きな声を出した。

「な……っ、セラフィーナ様！　ここはあなた様がお越しになるような場所ではございません！　お願いですからお帰りください」

「まあ、カノープス、ひどい声だわ！　私が治してあげるから、いーれーて」

コンコンコン。

繰り返し扉を叩き続けるセラフィーナ様をそのままにするわけにもいかず、私は寝台から起き上がると、扉の前まで移動した。

しかし、そのわずかな距離を移動しただけでドアノブに縋ってしまい、これほどまでに力の入らない体を不甲斐なく思う。

「セラフィーナ様、私の病はご心配いただくほどのものではありません。同室の騎士からうつされたものですので、病状は分かっております。3日ほど高熱が続くだけで、その後は回復しますから。それよりも、私と接することで、セラフィーナ様にも同じ病がうつってしまいますので、どうか入室はご勘弁願います」

必死にそう訴えたのに、心優しい主はコンコンと再び扉をノックした。

「カノープス、私は聖女だからうつらないわ。それに、部屋に入れてもらうのは、ほんのちょっとの時間でいいから。そうしたら、あなたの病気を治してあげられるから、いーれーて」

セラフィーナ様が幼い精霊と契約をしている聖女であることは、ご本人の口からお聞きした。

しかし、実際に彼女の精霊を見たこともなければ、聖女として力を振るわれているところを見たこともない。

そのため、誠に失礼ながら、セラフィーナ様の聖女のお力が微力である可能性があった――もちろん、6歳という年齢を考えれば、既に精霊と契約していること自体がすごいことで、今は実力を養っていく時期であったとしても、何ら恥じることではなかったが――セラフィーナ様のお力が不明である以上、『うつらない』という主の言葉を信じて部屋に入れるわけにはいかなかった。

私は扉の前に跪くと、深く頭を下げる。

「わざわざ私の身をご案じいただきましたこと、心より感謝申し上げます。しかしながら、私の役目はあなた様をお守りすることですので、病身である以上、決してあなた様にお会いすることはできません。どうぞお許しください……ごほっ！　ごほっ、げほっ！」

どうやら私はしゃべり過ぎたようで、言葉の最後の部分に差し掛かったところで咳が出始める。

しまったと思ったが、その礼を欠いた行為が、逆にセラフィーナ様の心を動かしたようで、彼女は慌てた様子で扉から離れた。

「カ、カノープス、ひどいせきだわ！　ごめんなさい、あなたに無理をさせるつもりはなかったのよ。わかったわ。魔法をかけるのはあきらめるから、すぐに寝てちょうだい!!」

焦った様子でそう言うと、セラフィーナ様は足音高く廊下を走り去って行った。

その後に複数の足音が続いたため、近衛騎士団の騎士たちが護衛をしているようだと胸を撫で下ろす。

私はフラフラとした足取りで寝台まで戻ると、倒れ込むように横になった。

……恐らく、私はすぐに眠りにつくだろう。

次に目覚めた時には、少しだけ気分がよくなっているはずで、これを3日ほど繰り返せば病は完全に治るだろう……とそう思っていたのだが。

その日の午後、私は同僚の騎士の訪問を受けた。

訪問者はシェアトという名の赤と黄の髪色をした大柄な騎士で、ずかずかと部屋の中に入ってきたと思ったら、眠っているところを無理矢理起こされる。

「よっ、カノープス。酷い顔色だな。眠るのもいいが、起きるたびに水を飲んどけよ。水さえ飲んでおけば何とかなるから」

そう言いながら、シェアトは寝台横のテーブルに音を立てて大きな瓶を置いた。

その瓶にはたっぷり水が入っていたため、彼が私の体を気遣って訪問してくれたことに気が付く。

「ああ、すまない。3日ほどで治るだろうから、その間セラフィーナ様をよろしく頼む」

シェアトは腕を組むと、神妙な顔をしたまま片方の眉を上げた。

「ふーむ、もちろんセラフィーナ様はオレらの主でもあるから、よろしく頼まれたい気持ちはあるが、主にとってお前は特別なようでな」

そう言いながら、シェアトが片手を広げると、その中から赤いリボンが巻かれた小さな瓶が出てきた。

「お前にすぐに治ってほしいと、今日の午後はセラフィーナ様自らが草を集めて、この回復薬を作られた。さらに、早くよくなるようにとの願いを込めて、自ら瓶にリボンを巻き付けられた。というわけで飲め」

シェアトは小瓶をポンと放ってきたので、片手で受け取る。

どうしたものかと瓶を眺めていると、シェアトの声が降ってきた。

「今すぐ飲め。お前が飲んだところまで確認してこいというのがセラフィーナ様のオーダーだからな。そして、飲み終わったらその瓶をオレに返せ。お前が薬を飲んだ証拠として、セラフィーナ様に提出するからな。それから、……そうだな。3日後ではなく、2日後に仕事に復帰しろ。もちろん、『セラフィーナ様の薬のおかげで、1日早く治りました』と言うんだぞ」

「シェアト」

「大丈夫、その日は誰がお前と同勤しようとも、全員でフォローするから。お前は出てくれさえすればいい」

どうやら異動してきて数日しか経過していないにもかかわらず、シェアトは既にセラフィーナ様の気持ちにまで配慮しているようだ。

そのことをありがたく思いながら、瓶の蓋を外して中味を一気に呷《あお》る。

回復薬は甘い香りとともに口の中を流れていったが、舌の上を通過した瞬間、私は思わず顔をしかめた。

なぜならその回復薬は、これまで口にしたことがあるどの回復薬とも異なり、信じられないほど甘かったからだ。

私の表情を確認したシェアトから、「味がおかしいのか？」と尋ねられる。

「これまで口にしたことがない回復薬の味ではあった。まるで蜂蜜を舐めたかのようだ」

感じたままに答えると、シェアトは片手で顔をおおった。

「あー、的確だ。姫君はこれでもかと蜂蜜を混ぜていたからな」

「蜂蜜を？」

回復薬の材料には詳しくないが、蜂蜜が材料に含まれるというのはこれまで聞いたことがなかった。

そのため、首を捻っていると、シェアトから横目で見られる。

「カノープス、材料の一つや二つ、間違っていたとしても大目にみてやれ。その蜂蜜は『カノープスは咳をしていたから、喉が痛くならないように』との言葉とともに、特別配合されたものだからな。姫君の思いやりだ」

「それは……痛み入る」

感謝の気持ちとともにそう呟くと、シェアトは大袈裟なほどの身振り手振りを付けて説明を始めた。

「ホント、お前はものすっごく姫君に愛されているぞ！　特別に教えてやるが、姫君は長い時間を掛けて、その薬を作られていたからな。材料だって、必要なものを入れてしまった後は、蜂蜜の他、『いい匂いがするように』と香り付けのピンクの花を、『おいしい味がしますように』と甘いかもしれない赤い実を投入されていたからな」

「それはとてもありがたい話だ。……ところで、私は薬に詳しくないが、薬学の基礎講座を受けた際、『薬作りには正しい素材を正しい分量で混ぜることが一番大事だ』と学んだ。セラフィーナ様のように自由に、色々な素材を混ぜてもいいものなのか？」

純粋に疑問に思って尋ねると、シェアトは顔をしかめて私の背中をバチンと叩いた。

「カノープス、騎士が細かいことを気にしているんじゃねぇよ！　『病は気から』と言うくらいだから、治ると思えば治るはずだ」

「……なるほど」

それもその通りだな、と思った私は素直に頷く。

「ついでに言うと、姫君は長い時間、歌って踊りながら、その薬の周りを歩かれていたぞ。ちなみに、『ほにゃらー、はにゃらー、カノープスのびょうきよー、なおーりーたまーえー』ってのが、歌の一部だ」

シェアトは万歳とばかりに両手を上げると、同時に片足を限界まで高く持ち上げた。

「…………」

もしかしたら彼は、セラフィーナ様の真似をしているのだろうか。

「いいか！　その薬には姫君の真心が詰まっている！　姫君曰く『遅効性』とのことだったから……姫君がどのくらいの時間を指して遅効性と言っているかは不明だが、明日の朝は少しだけよくなった振りをしろ！　それから、完治していなくとも、3日後ではなく2日後に出てこい！」

そんな風に、私は病気が治癒するタイミングを勝手に決められたのだが……どういうわけかシェアトが扉を閉めて出て行った途端、自分が全快していることに気が付いた。

「……治っている？　まさか！　だが……」

先ほどまで異常な熱さを感じていた全身が、平熱に戻っている。

頭痛と関節痛も治っており、喉元に手をやったところ、その部位の痛みも消えていた。

「……セラフィーナ様の回復薬のおかげだ」

そのこと自体は疑うべくもなかった。

なぜなら主の回復薬を服薬したことで、私の病は治ったのだから。

私はセラフィーナ様の聖女としての能力の高さに感服するとともに、その心根の優しさに感銘を受けた。

この程度の病気ならば3日苦しめば治るというのに、セラフィーナ様はわざわざ時間を割いて、一介の騎士のために回復薬を作ってくださったのだ。

「ああ、本当に素晴らしい主だ」

私は改めて、素晴らしい主に仕えることができる幸運に感謝したのだった。


そして、翌日。

完全に回復した体で復職すると、シェアトから目を見張られた。

「カノープス、お前やり過ぎだぞ！　明日からでいいから」

心配そうに駆け寄ってこられたため、問題ないときっぱり伝える。

「セラフィーナ様の回復薬のおかげで、病は完治した」

私の言葉を聞いたシェアトは、感心した様子で首を横に振った。

「カノープス、お前、思っていたよりも忠誠心がたけぇんだな！　いいぜ、オレはそういう奴は嫌いじゃない。今日のお前のことは、オレがフォローしてやるからな！」

シェアトは誤った材料で作られた回復薬の効き目を、信じていないようだ。

確かに、我が身で体験してみない限り、信じることは難しいかもしれないなと考えながら、完全なる善意で発言するシェアトを見やる。

すると、笑顔で見返されたため、どうやら私は主だけでなく、同僚にも恵まれたようだと心の中で独り言ちると、委ねる言葉を口にした。

「そうか、よろしく頼む」

「大したことじゃないさ！」

そう言うと、シェアトは私のことをセラフィーナ様に伝えるために走って行った。

後に続くと、私のことに気付いたミラクやミアプラキドスなどの同僚たちが、嬉しそうな表情で次々に声を掛けてくれる。

「カノープス！　もう元気になったのか？」

「よかったじゃないか！」

視線の先では、シェアトから報告を受けたセラフィーナ様が、きらきらと輝く瞳で私を振り返った。

「カノープス！　まあ、治ったのね！」

その言葉とともに、主は一片の曇りもない笑顔を見せてくれた。

――その時、セラフィーナ様の背後に広がる空が視界に入ったが、彼女の表情と同じように一片の曇りもなく、青く澄み渡っていた。

ああ、主の世界はこのように美しいものだけで構成されるべきだ、とそんな考えが唐突に浮かんでくる。

そして、そのために全力を尽くそうと、私は改めて心の中で誓ったのだった。

【SIDEシリウス】セラフィーナと「××××鬼ごっこ」

『子どもというのは、案外よく物事を見ているものだ』

そう言ったのは誰だったか。

オレは窓の外に広がる光景を見下ろしながら、頭痛を覚えていた。

窓の外では、セラフィーナが騎士たちと一緒に遊んでいた。

それはいい。子どもにとって体を動かすことは大事だし、騎士たちにとっても、忙しい仕事の合間に小さなセラフィーナの相手をすることは善い行いと言えるだろう。

だが、――――遊んでいる内容が良くなかった。

それは、一見鬼ごっこのような遊びだった。

一点だけ異なるのは、鬼になった者が、それ以外の者を追いかけていってタッチすると、タッチされた者は何らかのポーズを取って静止するということだ。

そのため、時間の経過とともに、ポーズを取ったまま静止する者が増えてくる。

オレは純粋な好奇心でもって、何のポーズをしているのかを推測する。

実のところ、似たような遊びをしている場面を何度か目撃したことがあった。

前回見た時は、全員でバナナのポーズを取っていたし、その前は、全員でイカのポーズを取っていた。

しかし、今回は全員が異なるポーズを取っている。

タッチされた時のポーズそのままに静止しているのかとも思ったが、観察しているとそうでもないようだ。

ということは、何らかのお題があって、そのお題に基づいてポーズを取っていることが推測されるが、それは一体何なのか。

片手を顎に当て、考えながら見下ろすと、騎士の1人は片手を胸に当て、騎士のポーズを取っていた。

……騎士の真似か？　全員が、代表的な騎士のポーズを取るというルールなのか？

別の1人は、腕を組んで、後ろに大きくふんぞり返っている。

また、別の者は、片手を前に突き出すと、拒絶するかのようなポーズを取っていた。

……騎士のポーズではないな。一体何の職業だ？

その隣の者は、片足を上げたまま静止している。バランスがいいようだ。

さらに隣の者は、地面に座り込むと足を組み、髪をかきあげながら何かを飲んでいるポーズを取っていた。

……一体、何の真似をしているのだ？

正解が分かりそうで分からないことがもどかしく、子どもの遊びだと思いながらも真剣に思考する。

たった今タッチされた者は、何かを撫でているポーズで止まったぞ。

何のポーズだ？　全員のポーズがバラバラで、整合性がないため、ちっとも正解が分からない。

腕を組み、眉を寄せて見下ろしていると、今度はセラフィーナが捕まった。

タッチされた瞬間、セラフィーナはイカのポーズを取る。

そして、彼女が片足を上げる……と、窓を閉めていたにもかかわらず、騎士たちが爆笑する声がオレのもとまで届いた。

その時になってやっと、遅ればせながら皆が何の真似をしているかに気が付く。

「……なるほど。全員、いい度胸だな。待っていろよ」

オレは低い声でそう呟くと、片手で剣の柄を押さえながら扉に向かった。

……くそう、あいつらめ。オレに頭痛を覚えさせるとは大したものだな。

中庭に出ると、鬼が最後の1人を捕らえるところだった。

タッチされた騎士は、白けた表情で片手を差し出すポーズを作ると、制止した。

オレは普段よりも高い声を作ると、その騎士の背中に尋ねる。

「それは、何のポーズだ？」

鬼役の騎士がオレの姿に気付き、ぎょっとしたように飛び上がったが、尋ねられた騎士は気付かなかったようで、背中越しに陽気な声で答える。

「副総長が『角獣騎士団ナンバーワン美形騎士』に3年連続選ばれ、事務局一の美女から差し出されたメダルを受け取るポーズだ。ははは、オレはその場にいたが、マジで副総長は白けた表情を浮かべていたぞ！　いやー、色男は違うよなー」

その時には、何人かの騎士がオレに気付き、体を動かそうとしたので、鋭い声で命令する。

「全員、動くな！」

その瞬間、声を発したのがオレであることに気付いたようで、その場の全員が硬直したかのようにぴたりと動きを止めた。

「ほう、やればできるじゃないか。先ほどから静止しているといいながら、体が揺れている者が多かったので、体幹を鍛え直さなければいけないのかと心配していたところだった」

そう言うと、オレは目の前の騎士の肩にぽんと手を置く。

「ひっ！」

「さて、お前はオレのことを『色男』と表現したが、オレはいまいち単語の意味を理解していないようだ。そのため、どうしてもオレにその単語が使用されることに違和感を覚えてな。いいか、『色男』について説明するレポートを本日中に提出しろ！」

「はひぃぃぃぃ！」

部下が従順に頷くのを確認すると、オレはまずセラフィーナのもとに向かった。

それから、可愛らしくイカのポーズを取り続ける彼女の頭を撫でる。

「さすがセラフィーナだ、イカの真似が上手だ。そして、片足を上げているため、ちゃんとオレに見える。それは、この間イカのポーズを取るようにオレに強要……要望した際、『シリウスは特別な銀のイカだから』と、オレ専用のポーズを考えてくれたやつだな。やはり専用のポーズは大事だな。お前のおかげで、皆のポーズはオレを模したものだということが分かったからな」

オレの言葉を聞いた瞬間、あちこちで騎士たちの苦悶の声が響いた。

「あっ！」

「ぐっ!!」

「もう、ダメだ。オレに明日は来ない。皆、今までありがとな！」

そんな中、セラフィーナはイカのポーズを止めると、嬉しそうにオレを見上げてきた。

「シリウスのイカポーズ、上手だった？」

「ああ、とてもな。お前がすると、何だって可愛らしいな」

「うふふふ」

セラフィーナが嬉しそうに笑い声を上げたので、オレはもう一度彼女の頭を撫でると、彼女の隣に立つ騎士の正面に移動した。この騎士だけは、問題ない。

「それは騎士のポーズだな。悪くない」

そうミラクに告げると、生真面目な表情で返された。

「ありがとうございます!!」

次に、ミラクの隣にいる騎士の正面に立つ。

「ほう、腕を組んで、後ろに大きくふんぞり返っているな。オレはそのようなポーズを取るのか?」

「いっ、いいえ、もちろん違います！　イメージです！　実際にはふんぞり返ることはありませんが、オレたちにはそう見えるというだけです!!」

「「「オレたちではありません、そいつだけです！！！」」」

即座に他の騎士たちから、否定の声が入る。

「おまえら、汚いぞ！　さっきはあれほど爆笑していたじゃないか!!」

焦る騎士を前に、オレはうっすらとした笑みを浮かべると、課題を申し付けた。

「今日のオレは非常に理解力が悪いようでな。お前もレポートを提出しろ！　内容は、実際のポーズとイメージのポーズの差異、及びその発生理由だ！」

「う、承りました！」

がっくりと地面にくずおれる騎士には目もくれず、片手を前に突き出し、拒絶するかのようなポーズを取っている騎士の前に立つ。

「お前のそれは、何のポーズだ」

「………………」

「オレの質問が聞こえないのか？」

そう発するとともに、足元にあった花壇を囲むレンガをがつん！　と蹴る。

すると、質問を受けた騎士は視線を地面に落としたまま、小さな声を出した。

「……ご、ご令嬢から差し出されたプレゼントを、突き返されている御姿です」

すると、オレの後を付いてきていたセラフィーナが驚いた声を出す。

「えっ、シリウスはシリウスのために用意されたプレゼントをもらわないことがあるの!?」

オレは一瞬身構えたものの、セラフィーナの教育に良さそうな答えを返した。

「……相手が親しくない場合はな。だから、いいか、セラフィーナ、お前も家族とオレ以外からの贈り物は受け取るな」

「ええ、分かったわ！」

真剣な表情で頷くセラフィーナから視線を外すと、オレは目の前の騎士に視線を戻す。

「問題は、オレは実に様々なポーズを取っているにもかかわらず、なぜその中から、ご令嬢を拒絶するポーズをお前が選び取ったかだ。よし、お前はそのポーズを選択した理由をレポートにしてこい！」

「ひぃっ、う、承りました！」

それから、片足を上げたまま静止していた、バランスがいい騎士の前に立つ。

「お前は何のポーズだ？」

「はいっ！　たった今副総長がレンガを蹴られましたように、騎士を恫喝する際に、机を蹴られているポーズであります!!」

「お前も、なぜそのポーズを選択したかをレポートにしたためてこい！」

その隣の者が難問だった。

なぜならシェアトは地面に座り込むと足を組み、髪をかきあげながら何かを飲んでいるポーズを取っていたからだ。

「お前は何のポーズだ？」

「はい！　ソファに座られて、髪をかきあげながらワインを飲まれている副総長です!!」

「オレのそんな姿を、お前は見たことがあるのか？」

「ありませんが、『イケメン筆頭公爵様の優雅な一日』というベストセラー書籍の表紙になっていました！」

この国の筆頭公爵と言えば、ユリシーズ公爵であるオレのことだ。

なるほど、そのような本が世の中に出回っているのか。

「その本を、明日、オレのもとに持ってこい！　それから、なぜ本からポーズを拝借したのか、その理由をレポートにまとめろ!!」

最後に、何かを撫でているポーズで静止しているミアプラキドスの前に行く。

「お前は何のポーズだ？」

「はい、風呂上がりにガウンを着用し、膝の上のもふもふを撫でている御姿です！　こちらも、『イケメン筆頭公爵様の優雅な一日』の挿絵にありました!!」

「よし、お前もその本を持ってこい！　レポート内容はシェアトと同じだ!!」

これは、あれだな。

騎士団内の禁書扱いにすべきだな。

その本を持っている騎士全てから回収すべきだろう。

そう考えていると、セラフィーナが服の端を引っ張ってきた。

「シリウス、皆でやっていた『シリウス鬼ごっこ』が面白そうに見えたから、わざわざ確認しにきたの？　もしかして、仲間に入りたい？」

「…………そうだな、１００年後くらいには」

「え？」

不思議そうに見上げてくるセラフィーナの頭を撫でる。

「『子どもというのは、案外よく物事を見ているものだ』というが、オレのことをよく見ているのはセラフィーナくらいだな。大人の連中ときたら、イメージだったり、オレらしいと言えないポーズをセレクトしたりで、ため息しか出ない」

オレの後ろでは、レポートを言い渡された騎士たちが集まって、互いに慰め合っていた。

シェアトの声が響く。

「ああ、オレに明日は来ない！　家でオレのことを待っている妻に、オレは最後まで勇敢だったと伝えてくれ」

すると、すかさずミアプラキドスの拒絶する声が続く。

「それは無理だ。お前は独身だから、伝えるべき妻が存在しない！　それよりも、オレの娘にこの草花を摘んで渡してくれ。オレが最後に目にした花を見て、まるで娘のようだったと微笑んでいたと、必ず伝えろよ」

弱々しく締めくくるミアプラキドスに対して、再びシェアトが言い返す。

「それこそ無理だ！　お前なんて独身どころか、一度も彼女がいたことねぇだろう。それなのに、娘だって？　妄想が酷過ぎる」

シェアトとミアプラキドスは、２人とも同じ第一騎士団出身だけあって、仲がいいようだ。

そして、どうやら全員が元気なようだ。

オレはレポートに追加して、走り込みをさせようかと思ったが、セラフィーナが楽しそうに皆の話を聞いていたため、開きかけた口を閉じる。

……いいだろう。セラフィーナに免じて、今日のところは勘弁してやろう。

「これ以降はオレがセラフィーナの面倒を見る。お前らはレポート作成に取り掛かってこい！」

「「はい、副総長!!」」

騎士たちは綺麗に騎士の礼を取ると、一瞬のうちに走り去って行った。

その後ろ姿を横目に見ながら、セラフィーナに話し掛ける。

「そろそろ晩餐の時間だな。手を洗ったら、晩餐室に行くとしようか」

「ええ！　でも、シリウス、騎士たちはみんなシリウスが大好きなのね！　捕まえられた人がシリウスになる『シリウス鬼ごっこ』をはじめてしたけど、誰もがそくざにシリウスのポーズを取れたのよ！　ふだんから、シリウスをよく見ているってことだわ」

少なくとも騎士たちのうち2人は、オレではなく本の挿絵からポーズを拝借していたようだが、指摘するほどのことではないだろう。

「そうか、そんなに見られているのであれば、今後の行動に気を付けるとしよう」

オレはセラフィーナにそう言うと、彼女と一緒に晩餐室に向かったのだった。

——翌朝、騎士たちから提出されたレポートに目を通したオレは、その内容の酷さに再び頭痛を覚えた。

そして、騎士たちを教育するのは、セラフィーナを教育するのと同じくらい難しい、と感じたのだった。

セラフィーナのドキドキ西海岸!

夏真っ盛りの、ピカピカに天気がいい日。

シリウスに率いられた近衛騎士団御一行様は、無事に西海岸に到着した。

ナーヴ王国は大陸の西端に位置しているので、この国で西海岸と言えば王国の西側全てを指すことになるのだけれど、今回はその中でも王都の真西に当たるセト海岸に来ていた。

なぜならセト海岸沿いには王家の離宮が建ててあり、離宮の周辺一帯はプライベートビーチになっているからだ。

ちなみに、セブンは一緒に連れてきたのだけれど、黒フェンリルは同行させるのを断念した。

黒以外の色に着色して、普通の犬として連れてこようかとも考えたけれど、バレた時にシリウスからものすごく怒られそうだと思ったからだ。

そもそも私は庭にいる黒フェンリルに気付いていない振りをしているのだから、一緒にいるところを見られないに越したことはないはずだ。

そう考えて留守番役を頼むと、黒フェンリルは分かっているとばかりにぺろぺろと顔を舐めてきた。

その様子を見て、これなら大丈夫そうだわと安心した私は、「おみやげを持って帰ってくるわね」と約束して、お城を後にしたのだった。

「セラフィーナ様、海に行きましょう!」

到着した離宮でぼんやりしていると、騎士の1人であるシェアトから声を掛けられた。

彼は既に短パン型の水着に着替えており、上半身には派手な模様が描かれたシャツを羽織っている。

ただし、シャツのボタンは一つも留めておらず、最強になった日焼けした肌が露出していた。

さらに、首には紫のペンダントトップが付いた皮ひもをぶら下げており、腕にも揃いの皮ひもを巻き付けている。

シェアトは人目を引く2色の髪をしているうえ、派手な顔立ちをしているので、普段から侍女たちに「遊び人顔」と陰で言われている。その顔でこの格好をしたら……

「まあ、シェアト! このあいだ読んだ絵本に出てきた、女の人をだます悪い男の人そっくりだわ!」

絵本に出てきた男性も、今のシェアトのように派手なシャツにアクセサリーをチャラチャラ身に着けていたわ、と思い出しながら口にすると、彼は心外だとばかりに顔をしかめた。

「勘弁してください。オレは絶対にそんなことしませんから！　見てくださいよ、オレの腹筋を！　これだけ綺麗な筋肉を付けるのに、オレが毎日どれだけの時間を費やしていると思っているんですか!!　騎士団に入ってからずっと、オレはこの筋肉だけを育てていて、他に時間は割いていませんから」

「そ、そうなのね」

勢いに押されてシェアトの言葉を肯定したけれど、がっかりした表情をされたため、言い方を間違ったことに気付く。

しまった、『りっぱなふっきんね』と返すべきだったわと反省していると、ミラクが会話に割り込んできた。

「セラフィーナ様、シェアトの愚にもつかない会話にお付き合いされる必要はありません。せっかくの海ですから、水着に着替えてこられたらどうですか？」

声がした方を振り向くと、ミラクもいつの間にか着替えていた。

体にぴったりとした長袖長ズボン型の水着を身に着け、その上から短パンをはいている。

えっ、いつの間に着替えたのかしら、とびっくりして周りを見回すと、騎士たちの全員が着替え終えていた。

離宮に来るまでの服装はフォーマルなものだったから、ビーチ用に着替えるのは正しいのだろうけど、服の色や模様が派手過ぎるように思われるし、はだけ過ぎているように感じられる。

うーん、みんな張り切り過ぎじゃないかしら、と思いながら恐る恐る質問してみる。

「ええと、みんなはふだんからそんな服を着ているの？」

「もちろん違います！　オレらは普段、暗めの単色の服しか着ません。そうしたら、シェアトから『地味過ぎる！　王女殿下に恥をかかせる気か！』と小言を言われまして。もっともな意見だと思ったので、全員でシェアトに教えられた服屋に買いに行ったんです」

「これは店員お勧めの服なんですよ！」

「そして、店員お勧めの着こなし方です！」

「そ、そうなのね」

世間の3％くらいの人しか着ないチャラチャラした服と着崩し方に見えるけれど、海辺ではこちらの方が常識なのかもしれない。

そう自分に言い聞かせながら、海辺らしい軽やかさはあるものの、1人だけ趣が違う格好をしたカノープスを見やる。

「カノープスの服はサザランドのものなの？　めずらしい色合いね」

見たことのない服だけれど、カノープスにとっても似合っている。

彼は王国の南部にあるサザランドの出身だし、あの地は海に囲まれているから、そこの服かしらと思って尋ねると肯定された。

「私も皆と一緒に服を買ってきたのですが、流行り物は似合わないようでして。上手く着こなせなかったので、馴染みの服を持ってきました」

「それはいいセレクトだわ! カノープスにとってもよくにあっているわよ」

手を叩いて褒めると、カノープスは「ありがとうございます」と言いながら顔を赤くした。

どうやら私の護衛騎士は照れ屋のようだ。


その後、私は侍女たちに促されるまま割り当てられた寝室に行くと、フリルがたくさんついたワンピース型の水着に着替えさせてもらった。

上からフード付きの上着を羽織らせてもらい、部屋を出ると、壁に寄りかかるようにして待っていたシリウスと目が合う。

「まるで花の精霊のようだな。セラフィーナ、似合っているぞ」

「シリウス、ありがとう!」

褒められたことが嬉しくなって、ばふんと抱き着く。

そんな彼が身に着けていたのは、騎士たちと同じようにシャツと短パンだったけれど、白地に青と金の模様が入った上品なものだった。

あら、素敵。騎士たちもこのくらい上品なものを着てもいいんじゃないかしら、と思って近くにいたシェアトに提案すると、半眼になられた。

「副総長の服は、王室御用達のテーラーの手によるオーダーメイド品ですよ。同じように見えるかもしれませんが、素材から全然違います。そのぺらっぺらのシャツと短パンで、オレの半年分の給金が消えますから」

「まさかそんな」

シェアトの冗談にふふふっと笑ってみたけれど、周りにいる騎士たちは誰一人笑わなかった。

そのため、驚いてシリウスを見上げる。

「えっ、シェアトの話はほんとーなの？　シリウスはお金がかかる人だったの？」

シリウスは顔をしかめると、私を抱き上げた。

「もちろん奴の冗談だ。姫君、オレほど収入と支出の差が大きい者はなかなかいませんよ」

後半は冗談めかして口にしてきたので、本当かしらとシェアトを振り返ると、小さく首を横に振られた。

「収入が大き過ぎるだけです」

シェアトの小声はシリウスに聞こえたようで、ジロリと睨み付けられる。

「ひっ！　いっ、いや、う、羨ましいなー、なんて。なんてですね……」

気が動転したのか、シェアトは裏返った声で、よく分からないことを言っていた。

そんなシェアトを尻目に、シリウスは無言で歩き出すと、そのまま離宮の外に出る。

シリウスの後にはカノープスが続き、さらにその後を騎士たちが慌てた様子で付いてきた。

そして、外に出た途端、私にくっついていたセブンは――――基本的に彼は、いつだって私以外には見えないように魔法をかけているのだけれど、今日も同じだった――目をきらきらとさせて周りを見回した。

そんなセブンはすぐにお目当ての物を見つけたようで、目を輝かせると、《ちょっと眠ってくる》と断った後、2本の樹木を利用して吊るしてあるハンモックに突撃し、その上に寝そべった。

彼はたちまちハンモックが気に入ったようで、だらしのない表情を浮かべると、だらりと体を弛緩させる。

「まあ、海辺はゆーわくが多いのね！　ビーチにたどり着くまで一苦労だわ」

セブンの表情を見た私は、これは『ちょっと眠る』だけでは済まなそうね、と呆れながら呟くと、シリウスからおかしそうに返された。

「それは、お前の悪戯《いたずら》精霊が脱落したということか？　まだ海に触れてもいないというのに」

シリウスは私を普段より高い位置まで持ち上げると、彼の肩の上に乗せてくれる。

それから、海の方向を見ながら尋ねてきた。

「セラフィーナ、海が見えるか？」

「ええ！　大きくて、すごくきれいだわ！」

視界がぐんと高くなった私は、目の前に現れた景色に息を呑む。

真っ白な砂浜と、その先に広がる鮮やかな青い海が視界いっぱいに広がったのだけれど、その景色がとても美しかったからだ。

しばらくはうっとりと素晴らしい景色に見惚れていたけれど、よく見ると、白と青に二分された景色の中に、異彩を放っている場所があることに気が付いた。

海に向かって三日月形に白浜が延びている箇所があり、その部分に何百もの巨石が並んでいたのだ。

「ロドリゴネ大陸のかけらだ」

巨石に目が釘付けになっていると、シリウスがそう説明してくれた。

けれど、その大陸名にびっくりする。

「えっ？　ロドリゴネ大陸って……ずっと昔にそんざいしていた大陸のことよね？」

家庭教師の先生に教えてもらった知識を思い出しながら返すと、シリウスはその通りだと頷いた。

「ああ、人が創られた時には既に存在していたと言われる、世界最古の大陸だ。長い年月が経つ間に、ロドリゴネ大陸は細かく分かれ、その全てが海に沈んだと言われているが、大陸のかけらはこの地に残った。つまり、あれらの巨石は、元はロドリゴネ大陸の一部だった。……と言い伝えられているため、この地は王家が管理する禁足地となっている」

まあ、何て神秘的な場所なのかしら、と太古の昔に思いを馳せたけれど、話を聞いてみると、そもそもこのビーチ自体が神秘的な場所のようだった。

なぜならこの海は「黄金海」と呼ばれていて、きらきらと輝く黄金色の貝が稀に落ちているのだけれど、その貝はこの海の主の物のため、持ち帰ると不幸を招くという言い伝えがあるとのことだったから。

「まあ、海の主の貝ですって！　集めて、届けてあげないと」

そう言いながら身を乗り出すと、シリウスは笑いながら私を砂浜に下ろしてくれた。

「ははは、滅多に見つからないらしいぞ」

楽しそうに笑うシリウスに、「海までしょーぶよ！」と言い捨てると、私はまっすぐ海に向かって走って行った。

初めて走る砂浜は足が埋まり、普段よりも走り難かったため、本気を出すことにする。

「セラフィーナ☆ダーッシュ」

とっておきの時だけ披露する見事な走りを見せたというのに、どういうわけか右横にぴったりとシェアトが付いてきた。

「セラフィーナ様、速いですね！」

「えっ？」

シェアトはそう言ったけれど、私の予定では彼を大きく引き離しているはずなのだ。これでは速いと言えない。

「セラフィーナ様、お足もとにお気を付けくださいね！」

声がしたので左側を見ると、ミラクまでいる。

後ろからも足音がしたので振り返ると、ぴったりとカノープスがくっついてきていた。

「セラフィーナ様、後ろを見たまま走ってはいけません！」

カノープスの言葉は少し遅かったようで、砂に足を取られて体が傾いてしまったのだけれど、倒れる前に彼に抱きかかえられる。

「あ、ありがとう、カノープス」

ほっとしてお礼を言っている間に、後ろ手を組んだシリウスがすたすたと隣を歩いて行った。

「やあ、セラフィーナ。本来ならここは、『大丈夫か？』と声を掛けるところだが、勝負中なのでお先に失礼する」

その姿を見た私は、カノープスの腕から急いで抜け出ると、もう一度走り始める。

「待って！　シリウス――――!!」

海に入る直前でシリウスを追い越したけれど、彼は楽しそうな笑い声を上げるだけで、足を速めたりはしなかった。

そのため、シリウスとの勝負は私の勝ちとなる。

「やったあ、勝ったわ！　ふふふ、私は亀でよかったわ。シリウスうさぎの負けね！」

びしりとシリウスを指差して勝利宣言をしたところ、周りの騎士たちから首を傾げられる。

「セラフィーナ様が亀？」

「シリウス副総長がうさぎ？　……いやいやいや、副総長は肉食であって、間違っても草しか食べないうさぎではないでしょう!!」

どうやら誰も、サボり癖のあるうさぎが頑張り屋の亀に負ける話を知らないようだ。

説明するのも面倒なので、「シリウスはうさぎのようにかわいらしいわよ」と褒めていたところ、騎士たちだけでなく、シリウス本人からも顔をしかめられた。むう、褒めたのに。

けれど、足元でざざんと海の水が迫ってくる音がしたため、私の意識はすぐに間近に迫った海に持っていかれる。

きらきらと輝いている青い海に足をつけると、想像していたよりも温かかった。

「シリウス、私は生まれて初めて海を見たわ！」

「……そうか」

シリウスが複雑そうな表情を浮かべているのは、私の目が見えなかった頃を思い出しているからかもしれない。

確かに目が見えなかった頃は、離宮の周辺しか出歩くことはできなかったけど、私はまだ6歳だから、これから色々な場所を訪れればいいだけなのに。

「海ってふしぎなのね。水がずっとゆれているなんて、大きな魚が泳いでいるのかしら？」

「それは波と言って、風に揺れているのだ」

「えっ、風なんてぜんぜんふいていないわよ！」

「ここではない。ずっと遠くで風が揺らしてできた波が、ここまで伝わってきたのだ」

「まあ……この海は遠い場所とつながっているのね」

見たこともない遠くの場所とつながっていて、その場所で吹いた風が私のもとに波を運んできただなんて、それはとっても素敵なことに思われた。

そのため、私はしばらくの間、飽きもせずに押し寄せる波を眺め続けていたのだった。

◇　◇　◇

その後、波打ち際で遊んでいると、ミラクが砂でお城やケーキを作ってくれた。

「まあ、ミラク、ほんもののお城みたいよ！　ここに住めたらすてきね」

「残念ながら、セラフィーナ様が住めるほど大きくはありませんし、砂の上で暮らしたら、砂だらけになりますよ」

「でも、ケーキがあるから、お腹が空いても大丈夫だわ」

「しょせん砂ですから食べられませんし、口の中がじゃりじゃりしますよ」

「…………」

ミラクはごっこ遊びに向かないタイプのようだ。

この間も、絵本を読んでいた時に、「かぼちゃが馬車になるはずはありませんから、この本の内容は間違っています」とか横から口を出していたし……

砂の中に足を埋めて遊んでいると、シリウスがやってきて、私を抱えて海の中に連れて行ってくれた。

初めは笑っていたけれど、すぐにシリウスの足すら立たないほど深い場所になったので、恐ろしくて彼の首にぎゅっと抱き着く。

けれど、シリウスは立ち止まることなく、片手で私を抱いたまま、さらに沖に向かって泳ぎ出した。

「シ、シリウス?」

半分目を閉じたまま、恐る恐る名前を呼ぶと、楽しそうな声で返される。

「安心しろ。このままお前を抱えて、新たな大陸まで泳いでいくことも可能だ」

「ええっ」

突拍子もないことを言われたため、驚いて目を見開くと、視界いっぱいに青い海と空が広がった。

その壮大さに言葉を失っていると、先ほどまではなかった風がそよそよと吹いてきて、私の横を抜けていく。

そんな中、シリウスは一定の速度で沖に向かって泳いでいった。

顔を撫でる風と、体を撫でる水のどちらもすごく気持ちがいい。

「わあ、魚になったみたい!」

はしゃいだ声を上げると、真横でばしゃりと何かが海の中から飛び出てきた。

「ひゃああ、お、おおきな魚!?」

ぎゅううっとシリウスに抱き着きながら、あわあわと見つめると、海から飛び出てきたのは魚でなくシェアトだった。

「あはははは、セラフィーナ様！　びっくりしました？」

シェアトは楽しそうに笑っていたけれど、その後すぐにシリウスから怒られていた。

海から上がった後は、カノープスとともに黄金色の貝を探して回った。

「海の主が探しているのならば、ひろって届けてあげないとね」

そう言いながら浜辺を探し回ったけれど、黄金貝はちっとも見つからなかった。

「うーん、これだけ探しても見つからないということは、もしかしたら海の主は全ての黄金貝をすでに見つけていて、おうちに持って帰ったのかもしれないわね」

見つけられないことは残念だけれど、持ち主の手に渡ったのならばよかったわよね、と思いながらカノープスを見上げると、彼は申し訳なさそうな表情を浮かべていた。

「私は幼い頃からずっと海辺で暮らしていて、貝の採取は得意なはずなのですが、一つも見つけることができずに申し訳ありません」

「えっ、そんなことでしょんぼりするの？　う、うーん、でも、カノープスが取っていたのは黄金貝ではなかったでしょう？　きっとこの貝を取るには、とくべつなテクニックがいるのよ！」

カノープスは全く納得していない表情を浮かべたけれど、基本的に彼が私の言葉を否定することはないので、言葉の上では肯定する。

「……そうかもしれませんね」

「そうよ!」

私は子どもだから、言われたことを素直に信じるわよ。

そう考えながら笑顔でうなずくと、私はカノープスと手をつないで離宮に戻ったのだった。


夕方になると、全員で砂浜に集まり、晩御飯を食べた。

夕日が水平線に沈んでいく中、薪に火を点け、皆が海から獲ってきた魚や貝を焼いて食べたのだけれど、そのどれもがとっても美味《おい》しかった。

そのため、私は「おいしい、おいしい」と言いながら食べていたのだけれど、捕獲してきた騎士たちは、「はあ、どんだけ食べても魚だな。どうして海の中に肉は泳いでいないんだ?」「海を泳ぐ肉ってのは需要があると思うがな」とよく分からないことを言い合いながら、いつものようにたくさん食べていた。

たくさん食べるということは、美味しいと思っているのじゃないかしら、と考えながら話を聞いていると、今度は魚の大きさに不満を言い始める。

「そもそも魚自体が小さいよな!　3年前にもこの海に来たが、その時に獲れた魚は大型だったぞ。

今回のはどれも小さくて食いごたえがない」

「ああ、今日は魚の数も少なかったしな。海水温も普段より高かったし、魚たちはどっかで涼んでいるんじゃねぇのか」

「だったら、そのかくれがを見つけたら、いちもーだじんね！」

魚獲りに挑戦したものの、動きが速過ぎて1匹も捕らえることができなかった私は、勇ましい言葉を口にする。

すると、騎士たちは皆、私に同意してくれた。

「その通りですね、セラフィーナ様！　きっと両手では抱えられないほど大きな魚が捕まりますよ！」

「ええ、食べきれないほどの魚を獲ることができるとオレも思います!!」

彼らの口調があまりに熱心だったため、本当に信じたことを口にしているのかしらと疑う気持ちが芽生えたけれど……自分のために、騎士たちの言葉を素直に信じることにする。私は子どもだからね。

その後、棒にパンを刺して火であぶったのだけど、火に近付け過ぎたようで、半分くらいが焦げてしまった。

自分で焼いたのだから仕方がないと、がじがじと黒焦げの部分を齧っていると、手が伸びてきてシリウスにパンを取られてしまう。

「ああっ、私のパンが!」

両手を伸ばして取り返そうとすると、シリウスは代わりにこんがりと綺麗に焼けたパンを差し出してきた。

「ええっ、シリウスはパン焼き職人なの?」

カリカリのパンを両手に持ち、びっくりして見上げると、彼は澄ました表情を浮かべる。

「悪くない職業だな。オレは姫君が必要とされる者の、何にでもなりましょう」

そんな風にシリウスが太っ腹な提案をしてきたため、私はすかさず要望を口にする。

「だったら、私を守ってくれる騎士がいいわ! そうしたら、私はきけんな場所にでも、どこにでも行けるから!!」

「ははは、分かっていたが、オレが仕えるのはお転婆姫だったのか」

そう言うと、シリウスは上機嫌な様子で笑い始めた。

けれど、その途端、騎士たちはびくりと体を強張らせると目を伏せたので、シリウスの笑顔を見たら呪われる、なんて話が騎士団内に伝わっているのかもしれない。

下を向き続ける騎士たちを見て、シリウスはこんなに朗らかで優しいのに、どうして皆目を合わせようとしないのかしら、と私は首を傾げたのだった。

◇　◇　◇

食事が終わると、火を囲みながら、一人一つずつとっておきの話を披露することになった。

馬を買う時にいかに上手に値切るかという話や、剣の刃こぼれを少なくする秘技の話、人生で一番肉をたくさん食べた話など、どれも面白かったので熱心に聞いていると、ミラクの番になった。

彼は指を組み合わせると目を細めたので、全員で用心する。

ミラクがこのポーズを取る時は、全くといっていいほど面白くない話が飛び出てくることを全員が知っていたからだ。

果たしてミラクは、普段よりもゆったりとした口調で、騎士たちの誰一人興味がない話を始めた。

「先日、知り合いの数学者から革新的な話を聞きました。円の直径に対する円周の長さの比率は無理数で、その小数展開は循環しないらしいのです！」

ミラクの言っていることがよく分からない。

この時点でほとんどの騎士が興味をなくしていたけれど、ミラクは気付いていないのか、得意気にその比率とやらを披露し始めた。

「３．１４１５９２６５３５８９７９３２３８４６……」

海で一日中遊んだことで蓄積された疲労に満腹の気持ちよさが加わって、全員が一瞬にして眠りに落ち始める。

うつらうつらと船を漕いでいると、シェアトの慌てたような声が響いた。

「待て待て、寝るのはオレの話を聞いてからにしてくれ!」

はっとして目を開くと、シェアトがミラクを後ろに押しのけているところだった。

全員で居住まいを正していると、シェアトは仕切り直すかのように咳払いをする。

それから、彼は少しだけ声を潜めると、皆を見回しながら話を始めた。

「これは、騎士たちの間でまことしやかに囁かれている『王家直轄領七不思議』の一つなんですが、この海にはレグルス王の秘宝が隠されているらしいのです。その宝物の中にはありとあらゆるものが揃っていて、三日月の夜に正しい場所から海を覗き込むと、その者が欲している宝物が海の中に見えるらしいのです」

ミラクの話とはうって変わって、わくわくするような話が飛び出してきたため、私はぱちりと目を見開いた。

「ええっ、レグルス王の秘宝ですって!?」

レグルス王とは、精霊王と人の子の間に生まれた我が国の初代国王のことだ。

その秘宝がこの海に隠されているんですって?

胸を高鳴らせて聞き返すと、シェアトは大きく頷きながら話を続ける。

「その通りです! 金銀財宝なのか、はたまた不老不死の妙薬なのか、それが何であるのかは伝わっていません。ですが、どれほど垂涎《すいぜん》ものの秘宝であったとしても、それらはあくまでレグルス王のものなのです。そのため、もしもその宝が欲しいと手を伸ばすと……」

シェアトはそこで言葉を切ると、目を細めておどろおどろしい声を出した。

「海の中に引きずり込まれ、二度と海中から戻って来られなくなるのです!!」

シェアトの話が終わると、しんとした沈黙が落ち、同時に騎士たちが心配するような表情で私を見つめてきた。

発言を待たれていると思ったため、私はぽんと手を打ち鳴らす。

「ひらめいたわ！　つまり、初代国王さまはさみしがりやってことね？」

シェアトはずるりと体をのけぞらせた。

「い、いや、オレがしたのはそんな話ではありません」

「えっ、ちがうの？」

的確な答えを口にしたつもりなのだけど、と思いながら聞き返すと、シェアトは両手を広げて訴えてきた。

「オレはもっとこう、恐怖で震えるような話をしたつもりなのですが」

「もちろん、そうだわ！　ありとあらゆるお宝が沈んでいるのならば、とんでもなくきちょーな物も交じっているわよね。それらをさわらせてもらっている間に、まちがってなくしてしまったとしたら、それはこわい話よね」

「い、いや、そういう方向の怖い話ではなくてですね」

「えっ、これもちがうの？　あっ、分かったわ！　夜の海はよく見えないから、お宝にむちゅーになっている間に水着がぬげて、海の中におちてしまったら、こっそりはだかで戻らなければならなくなるってことね！　あら、でも、これはこわい話ではなく、はずかしい話かしら？」

「……もういいです」

シェアトががっかりした様子で項垂れると、仲間の騎士から楽しそうに笑われ、小突かれていた。

私の返答がまずかったのかしら、と周りの騎士たちを見回していると、少し離れたところで、空中に浮かびながら海を覗き込んでいるセブンの姿が目に入る。

まあ、やっと私の精霊が現れたわよ。もしかして今まで眠っていたのかしら、と驚きながら立ち上がると、セブンに近寄っていった。

先ほどと同様、セブンは私以外には見えないように隠蔽魔法をかけていたため、皆の目には突然、私が波打ち際に向かって走り出したように見えたようだ。

そのため、心配したカノープスがすかさず後ろに付いたので、「見えないだろうけど、精霊がいるのよ」と説明すると、真顔のまま頷いてくれた。

「セブン、今まで眠っていたの？　こんなにたくさん眠ったら、夜に眠れないのじゃないかしら？」

私の言葉を聞いたセブンは、不満気に口を尖らせる。

《僕だって、まさかこんなに眠るとは思わなかったよ。ちょっと異常だよね。ここには精霊の眠りを誘う何かがあるんじゃないかな？》

「ええっ」

ただ単に、セブンがねぼすけだという話だと思うけど。

それなのに、セブンが大きな話にして、誤魔化そうとしているんじゃないかしら。

もちろん、私は精霊想いの聖女だから、気付かない振りをするけど。

「そうなのね。それは大変ね！」

《……フィーは僕の言うことを全然信じてないよね。だからって、棒読みは止めて、もう少し信じている振りをしてくれてもいいんじゃないの》

「えっ、ものすごく感情を込めてしゃべったのに！」

全力で信じている振りをしたのに、なぜだか指摘を受けてしまった。

そのため、不満に思って言い返すと、セブンは《えっ、あれがフィーの全力の演技なの!?》と小声でつぶやいた後、何事もなかったかのように別の話題に切り替えた。

《海辺に着いた時、シェアトが話をしていたから、何とはなしに聞いていたんだ。彼の話には閃くものがあったというか、何かを思い出せそうな気がするというか》

セブンは途中で言い差すと、ぐるりと辺りを見回した。

《この場所は、懐かしい気配がする》

セブンの戸惑っている様子を見て、私ははっとする。

なぜなら私も、この海に来てからずっと、同じようなことを感じていたからだ。

どういうわけか白浜と海、ロドリゴネ大陸の巨石群しかないこの場所で、レントの森で覚えたような懐かしさを感じていたのだ。

「私もまるで精霊たちがいるかのようななつかしいけはいを感じるわ。一体どういうことかしらね?」

海に向かって歩を進めながら首を傾げていると、後ろから大きな手が伸びてきて、私をひょいっと抱え上げた。

それから、肩の上に乗せられる。

「シリウス!」

落ちないように、彼の首にかじりつきながら名前を呼ぶと、シリウスはからかうような笑い声を上げた。

「お前の悪戯精霊と悪だくみか? 海中は危ないから、悪戯をするのは砂浜の上だけにしておけ」

まあ、シリウスはセブンの姿が見えないはずなのに、よくセブンと話をしていることがわかったわね。

だけど、悪戯をすることが前提になっているのはいただけないわ。

そう不本意に感じ、セブンと一緒に「わるだくみなんてしていないわ!」《悪だくみなんてするもんか!》と言い返す。

けれど、それだけではセブンの腹の虫が収まらなかったようで、彼はシリウスに向かってべえっと舌を突き出していた。

……セブンったら、姿が見えないことを忘れているわね。

私の精霊はそのまま波打ち際の上を飛んで、去って行ってしまったので、暗闇の中に消えたセブンを見つめていると、シリウスが確認してきた。

「追いかけるか？」

私はシリウスを見下ろすと、首を横に振る。

きっと、セブンは精霊の気配を確認しに行ったのだろうから、邪魔をしない方がいいわよね。

シリウスは頷くと、私を肩から下ろして胸の前で抱きかかえた。

普段であれば、こんな風にシリウスに抱き上げられているだけで、全てから守られているような安心感を覚えるものだけれど、今夜ばかりは落ち着かない気分を味わう。

そのため、一体どうしたのかしらと思いながら胸元を押さえた。

すると、私の感情の変化に気付いたシリウスが顔を覗き込んでくる。

「どうした、何か気になることでもあるのか？」

「何だかこの場所にいると、気持ちがそわそわするの」

「そうか。今日は十分に動き回ったから、疲れたのかもしれないな。離宮に戻ろう」

そう言うと、シリウスはそのまま私を連れて離宮に戻った。

侍女たちに引き渡された私は、お風呂に入れられ、夜着を着てベッドに寝かせられる。

セブンを待っていて、話を聞かないと……と思ったけれど、それ以降の記憶はない。

街でお買い物

次の日は、珍しくセブンに起こされる前に目が覚めた。

そのため、よっぽど早く目覚めたのかしらと思ったけれど、太陽の位置から判断するに、ぎりぎり午前中と言えるくらいの時間帯のようだ。

まあ、セブンは昨日あれほどお昼寝をしたというのに、まだ寝ているのかしら。

珍しいこともあるものねと驚いていると、ちょうどそのセブンが部屋に入って来た。

「おはよう、セブン！　ものすごくたくさん眠ったわね」

《フィーは僕が何時に寝たのか知らないだろう？　遅い時間に寝たかもしれないよ》

「なんじにねたの？」

セブンは眠った時間を答えなかったので、早めに寝たに違いない。

《……昨日も言ったように、この場所には精霊の眠りを誘う何かがあるんだよ。ところで、昨日はあの後、海の周りを少し回ってみたけど、やっぱり精霊がいるような気配がしたんだよね。見つけることはできなかったけど。一体、この場所は何なのだろう？》

「うーん、さっぱり分からないわね。今日は、近くの街にかいものに行くよてーだから、明日、何があるのかいっしょに探してみない？」

《だったら、今日のうちに、僕１人で色々と見て回っておくよ。巨石群の周りも見てみたいから、飛びながら回った方が早そうだからね》

昨日の夜は、私も海辺で落ち着かない気分を味わったことだし、セブンがそわそわして、精霊の気配の正体を急いで突き止めたい気持ちになるのはよく分かる。

そして、残念ながら、私はセブンのように空を飛べないので、巨石群を上から見て回るのならば、セブン１人の方がいいだろう。

「分かったわ。とちゅーで街を見たくなったら、いつでも来てね！」

そう答えると、セブンは手を振りながら窓から出て行った。


セブンに伝えたように、今日は買い物に行く予定になっていた。

せっかくなので、皆で街に行くのかと思ったけれど、全員で行動すると、『何の集団だ!?』と怪しまれるとのことだったので、シリウスと私、カノープス、シェアト、ミラク、それからミアプラキドスの６人で行くことになった。

ミアプラキドスは元々、第一騎士団で第１位の席次にいたという紺色の髪をした大柄な騎士で、デネブ近衛騎士団長に続いて、近衛騎士団の中で２番目に強いと評判の騎士だった。

確かにとても立派な体格をしているけれど、他の騎士たちのように四六時中、筋肉と剣のことを考えているわけではなく、未来のお嫁さんのことを考えて過ごしている珍しいタイプだ。

以前、私の護衛に就いた時に、ミアプラキドスが教えてくれたのだ。

『オレの両親はともに初めて付き合った者同士で結婚して、今でもすごく仲がいいんです。だから、オレも同じように初めて付き合った女性と結婚しようと、子ども心に誓ったんです。ちなみに、騎士団に入ったのは、結婚後にお嫁さんを心配させないために、男性の多い職場で働きたかったからです』

素晴らしい計画だわ、と私はミアプラキドスの計画性の高さに感心していたのだけれど、その時すかさずシェアトが耳打ちしてきた。

『そうは言いながらも、ミアプラキドスはその「初めて付き合う相手」を未だ捕まえられていないんです。それなのに、男性ばかりの騎士団に入団したものだから、女性と出会う機会がほとんどなくてですね。あいつは計画性はあるのですが、自分がモテないことを計算できていないんですよ』

『えっ、ミアプラキドスはしっかりした顔立ちをしているし、強いし、親切だわ』

驚いて言い返すと、シェアトは勢い込んで説明を始める。

『その通り、顔立ちがしっかりし過ぎているんですよ！　話せば面白い奴なんですが、すぐに打ち解けるタイプじゃないんで、初対面の相手を前にした時は、いつも眉間に皺をよせていますからね。ああいうのを、世間では強面《こわもて》って言うんですよ。大柄な体軀と相まって、女性から疎まれるタイプです』

『ええっ！』

そうだとしたら、シリウスも同じタイプに思われたので、シェアトに尋ねてみる。

『それだったら、シリウスも同じよね？　愛想がない時も多いし、しっかりした顔立ちをしているから』

シェアトはぎょっとしたように目を見開いた。

『へ？　い、いや、シリウス副総長は「しっかりした顔立ち」ではなく、「絶世の美形」でしょう！　あそこまでいくと愛想うんぬんはどうでもよくなりますから!!　もう誰だって、寄ってきますよ』

解《げ》せない。確かにシリウスは整った顔立ちをしているけど、ミアプラキドスの顔も同じように整っているのに。

『むつかしいのね。私には同じような顔に見えるわ』

『……魔石付きのミスリル剣と、おもちゃ屋に置いてあるぴかぴかの模造品を同じと言っているようなものですよ』

シェアトは力なくそう答えると、がっくりとうなだれた。

シェアトは顔立ちだけの話をしているつもりだろうけど、シリウスは騎士団一の剣士なので、シェアトの判断の中には、シリウスの騎士としての評価が無意識のうちに含まれているのかもしれない。

だって、2人の顔立ちは一級品とおもちゃほどの差はないもの、と思いながら私は話を聞いていた。

そして、そんな風に私とシェアトが話をしている間中、自分が話題になっているにもかかわらず、ミアプラキドスは黙って聞いていたので、少なくとも彼は我慢強いタイプだと思う。

◇　◇　◇

街に到着した時、既に大勢の人で賑わっていた。

楽しくなって見回すと、色鮮やかな布で飾られた、たくさんの商店が目に入ってくる。

私たちが昨日過ごしたのはプライベートビーチだったけれど、その隣は誰でも使用可能な公共の海になっているため、王都に最も近い海という立地から、多くの観光客が詰めかけてくるらしい。

ぴかぴかの石や可愛らしい貝殻、亀の甲羅や石鹸など、物珍しい商品がたくさん売られていたため、私はそれらの全てに夢中になった。

食い入るように商品を見つめていると、シリウスの声が降ってくる。

「セラフィーナの興味のままに商品を眺めていたら、夕方になってもこの地点から10メートルと進んでいないだろうな」

彼はそんな風にからかってきたけれど、決して私を急かすことはなかった。

海藻を練り込んで作られた石鹸と、サンゴで作られたスポンジを買うと、すかさずミラクがお金を払ってくれ、カノープスが持ってくれる。

さらに、貝殻を買おうかと悩みながら眺めていたところ、シェアトが商店街の奥を指差した。

「3年前、王子殿下の護衛でこの街に来たことがありますが、その際に妹への土産として、貝の装身具を買いました。商店街の一番奥に、貝細工の専門店が並んでいますよ」

「まあ、そうなの？　シェアトは物知りなのね！」

いい話を聞いたわ、とはしゃいだ声を出すと、ミラクがさらに説明してくれる。

「昨日、セラフィーナ様に黄金貝の話をしましたが、あれはあくまで伝説です。一方、ここの海には黄金貝以上に有名な翡翠貝というのがありまして、こちらは実際にこの地の特産品になっています。翡翠貝は滅多にないような美しい翡翠色をしていまして、髪飾りやペンダント、ピアスといった様々な物に加工されています」

「わあ、とってもすてきね！　見てみたいわ」

すっかり翡翠貝に魅了された私が、皆とともに翡翠貝の細工店を目指して進んでいくと、それまでの賑やかさが嘘のように閑散とした一角が現れた。

「あ、あれ!?」

そして、その一角を見た途端、シェアトが驚きの声を上げる。

「オレが言っていたのはここですよ！　3年前はこの場所で、10軒以上の貝細工の店が賑わっていたんですが、全部閉まっている!?」

シェアトの言う通り、賑やかな通りの突き当たりには、10軒ほどのお店が並んでいたのだけれど、店全体に布が垂らしてあり、閉まっていることを示していた。

びっくりして立ち止まると、その隣の商店の店主が気付いて声を掛けてくれる。

「お客さん、無駄足だったね！　翡翠貝の細工店はみんな閉まっちまったんだよ！　先月までは、最後の1店舗が辛うじて店を開けていたんだが、夏になってお客が増えたために、商品がなくなってしまってね。売る物がなくなったんで、閉じてしまったってわけだ」

ミラクが訝し気に質問する。

「商品がなくなるほど翡翠貝は売れるのか？　それにしたって、新しく貝細工品を作ればいいんじゃないのか？」

「お客さん、ここの海は久しぶりかい？　その翡翠貝がなくなっちまったのさ。3年前くらいから海の温度が上がってね。翡翠貝は環境の変化に敏感な貝だから、この少しの温度上昇のせいで育たなくなったんだよ」

店主の言葉にびっくりして、思わず聞き返す。

「えっ、それは大変なことじゃないの？」

「その通りだよ！　翡翠貝はこの地一番の特産品だったからね！　漁師は元より、貝細工職人や加工部品を扱う職人、商店主など多くの者が職にあぶれちまった。それだけじゃなく、海水温の上昇によって、魚も獲れなくなっちまったから、今では小さな魚が少し獲れるだけなんだよ」

「一体なぜ、海水温が上昇したんだ？」

ミラクの質問に、店主は顔をしかめると手をひらひらと振った。

「この街のもんは皆、黄金貝がなくなったからだって言っているな」

「あれは伝説上の話ではないのか？」

よほど驚いたのか、基本的に初対面の人とは口をきかないミアプラキドスが質問する。

店主は大きく首を横に振ると、はっきりと否定した。

「そうでもない。実際に黄金貝を目撃した者は何人もいるからな。とは言っても、せいぜい年に数個ほどしか見つからない、珍しい貝であることは確かだがね。あの貝を目にすると『幸運が訪れる』とこの地では言われているから、皆、散歩がてらに黄金貝を探したりするが、なかなか見つかるものじゃないんだ」

「伝説の貝が実在するとしたら驚くべき話だな。黄金貝を装身具にしたら、高く売れることは間違いない。それなのに、誰も拾ってこないのか？」

黄金貝の装身具の話は聞いたことがないな、とミラクが角度を変えた質問をすると、店主はとんでもないと両手をぶんぶんと振った。

「そんな罰当たりなことするもんか！　あれは海の主様の物だからな。『主様、ありましたよ』とお知らせしたら、触れもせずに去るものだ。黄金貝を持ち帰る者はいないから、数が減るはずはないんだが、ここ3年ほど、誰もあの貝を見ていないんだよ。だから、海の主が怒って、海の状態を悪くしたってのが、じいさまばあさまの意見だな」

そういえば、黄金貝の話を聞いた時、『その貝はこの海の主の物のため、持ち帰ると不幸を招くという言い伝えがある』と説明されたのだった。

そんな話が伝わっているのであれば、誰も持ち帰ったりしないわよね。

「そうか、貴重な話をありがとう」

ミラクはそう言うと、店主の店で売っていたカラフルなフルーツを、紙袋いっぱい買っていた。

こういうところが、ミラクの世渡り上手なところだと思う。

しばらく歩き、店主から十分な距離ができたところで、カノープスがぽつりと呟いた。

「黄金貝の個体数がそれほど少なかったのであれば、繁殖を維持することが難しかったのかもしれないな。私の生地であるサザランドでも、個体数が減った種類の貝が絶滅した事案があったからな」

その話は納得できるものだったようで、シェアトは大きく頷いた。

「そう考えるのが妥当だよな！　伝説だと思っていた黄金貝が実在していたって話には驚いたが、黄金色の生き物なんて実際にはいねぇだろ！　オレンジっぽい貝が黄金色に見えたとかだろうな。何にせよじーさんばーさんってのは、代々伝えられてきた話を心から信じるからな。幸運の証みたいに言われていた貝が見つからなくなったんで、海水温の異常と関連付けたんだろう」

ミラクも同意する。

「そうだね、貝が2、3個いなくなったからといって、海水温が上昇するはずもない。ただし、確かに昨日の海水温は思ったよりも高かったたし、この地に馴染みがある騎士たちは、以前より魚が減ったと言っていたから、海水温の変化と魚の減少は事実なのだろう。だが、原因となると、見当も付かないな」

「そこらの検証は学者たちの領分だろう。ああー、それよりも、翡翠貝がなくなったことが問題だ！　オレは妹への土産をどうすればいいんだ!?」

シェアトが頭を抱えていると、1人の派手な男性がゆっくりと近付いてきた。

シェアトやミラク、ミアプラキドスは今日も派手なシャツを着ていたけれど、それよりももっと派手な色合いの服を着用しており、袖口や胸元にはびらびらとした飾りがたくさん付いている。

初めて目にする斬新過ぎる服にびっくりして見上げると、その男性は赤やオレンジ、緑といった何色もの色が交じった布を頭に巻き付け、さらに濃い色のついた眼鏡をはめていた。

顔の大部分を隠すスタイルだけれど、知り合いが見たらすぐに誰だか分かるだろう――――私のように。

一体何をしているのかしら、と目を見開いて見ていると、その男性は私に紙袋を差し出してきた。

「ハーイ、お嬢さん。ワタシ、買い物し過ぎて邪魔になりまシタ。コレ差し上げマース！」

いつもと違って高い声に変えているし、少しだけカタコトだ。

普段にない格好をしていることからも、別人の振りをしているつもりなのだろうか。

でも、誰に対して？（誰だって、一目見たら分かるわよね）

困惑してシリウスを見上げると、彼は半眼になっていた。

私が分かるくらいだから、目の前の派手な男性が誰だか分かっているに違いなく、対応を任せてもいいかしらと考えていると、その男性がより高い声を出した。

「重ーイ、重ーイ！　早く持ってくださーイ！」

そのため、慌てて手を差し出そうとしたけれど、その間にカノープスが割って入る。

そのいかにも警戒した様子を見て、あれ、この男性が誰だか分かっていないのかしらと意外に思う。

けれど、同じようにシェアトやミラク、ミアプラキドスも警戒した表情を浮かべて腰の剣に手を掛けたので、えっ、こちらも気付いていないのかしらとびっくりした。

カノープスたちが警戒した様子を見せたことにより、派手な男性の警護に就いていたであろう者たちが、どこからともなくわらわらと1ダースほど現れる。

こちらも滅多に見ないような派手な服を着ていたので、何者なのかを推測するしかないのだけど、全員が剣を携えていることからも、きっと騎士だろう。

そして、実際に騎士だったようで、カノープスを始めとしたシェアトやミラク、ミアプラキドス

の4人は、湧いて出た者たちを見て戸惑った声を上げた。

「えっ、第一騎士団!? はあっ、こんなところで、そんな奇天烈《きてれつ》な服を着て、何をやっているんだ?」

「お前と同じことだ!」

「護衛業務だよ!!」

シェアトは近衛騎士団に入るまでは第一騎士団に所属していた。

その元同僚であるシェアトから、自分たちと変わりない派手な格好をしながら、着ている服を馬鹿にされたことが腹立たしかったようで、第一騎士団の騎士たちはしっかりと言い返していた。

現れた1ダースの剣士が第一騎士団の騎士だと分かったことで、カノープスを始めとした4人は、第一騎士団が警護する対象――――王族であるはずの、派手な男性の正体に気が付いたらしい。

「こ、こ、国王陛下!?」

「プロキオン王!!」

慌てて膝を折る4人を前に、おとー様は焦った様子で人差し指を唇に当てていた。

「しーっ、しーっ! その名前は止めてくれ!! ここでの私は、ただの陽気な観光客なんだから!!」

もう十分注目を集めているので手遅れだとは思うけれど、おとー様は目立ちたくないようで、必死な様子で4人に立つよう促している。

その前にシリウスがずいっと立ちはだかった。

「一体ここで何をしているんです?」

「えっ、ワタシのことを知っているんですカー? この国は来たばかりなので、あなたのことよくわーかりまセーン」

「…………」

「…………」

シリウスが無言で眉根を寄せると、おとー様も無言になって様子を見るように見つめ返す。

けれど、しばらくたってもシリウスが妥協する様子を見せなかったため、おとー様は諦めた様子で色眼鏡を外すと、「こんにちは、あなたの伯父です」と白状していた。

それから、はははと陽気な笑い声を上げる。

「これは、これは、さすがシリウスだな! 騎士たちは皆、私が誰だか分からなかったのに、一目で正体を見抜くとはね! これはやっぱり愛情の差だな。そんなに私のことが好きだったなんて知らなかったよ!!」

嬉しい誤算だな、と続けるおとー様の言葉をシリウスは丸っと無視すると、もう一度同じ言葉を繰り返す。

「一体ここで何をしているんです?」

「えっ、いや、この地の海水温度が異常状態にあると聞いたから、ちょっと確認に来たんだよ!

極秘任務だから、変装して来たんだけど、まさかシリウスたちも来ているとは思いもしなかったな！　すごい偶然じゃないか」

陽気な調子で返事をする王を前に、シリウスは冷えた視線を送った。

「この地の海水温が上昇し始めたのは3年も前だと聞きましたが、3年経って、たまたまオレたちが離宮を訪問する日程と一致するように、王が極秘で現地確認に来られたと言うんですね？　そもそもオレは、セト離宮で休暇を過ごす日程を、事前に王に伝えていましたよね」

「そうだったかな？　最近、ものすごく忙しいせいか、記憶に曖昧《あいまい》なところがあってね」

「なるほど、たまたま行き合わせたのだとしたら、すごい偶然ですね。オレが疑り深い性格ならば、王が狙って訪ねてきたと勘繰るところですよ」

「ははははは、そうか！　だとしたら、疑り深い性格でない甥を持った私は運がいいな!!」

おとー様は全くめげないタイプらしい。

うんざりした様子で口をつぐんだシリウスを尻目に、おとー様は私に視線を向けると、感激した様子で頬を紅潮させた。

「ああ、セラフィーナ、何て可愛らしいんだ！　お前はフリルとレースがたっぷり付いたお姫様ドレスも似合うが、そんな町娘のようなワンピース姿もすごく可愛らしいぞ。あああ、お父様はセト海岸の青空の下、可愛らしい精霊のような娘を見た感動を一生忘れない!!」

私は何と答えていいか分からなくて、派手な衣装に身を包んでいるおとー様を無言で見つめる。

けれど、きらきらと目を輝かせて私の言葉を待っている様子だったため、根負けして思わず口を開いた。

「わ、私も……るろーのたみのようなおとー様を見たおどろきを忘れないわ」

するとおとー様は、嬉しそうな表情を浮かべる。

「流浪の民か！　それはまたロマンがあるね。お父様が暇になったら、らくだに乗って、星空の下の砂漠を一緒に旅しようね」

「え、ええ。でも、それはもっと先の話だわ。今は、おとー様をまっている人がたくさんいるから、お仕事をがんばってね」

「セ、セラフィーナは何て思いやりのある娘なんだ!!」

おとー様は感激した様子を見せた後、笑顔でシリウスを見上げた。

「じゃあ、私の用務は終わったから、この後はセラフィーナの買い物に付き合おうかな。それから、夜は離宮で一緒に晩御飯を食べることにしよう」

「……王の時間を賜るなど、このうえない栄誉ですね」

シリウスの表情と口調は、はっきりと発言内容を裏切っていたけれど、おとー様は気にする様子もなく、持っていた紙袋を私に手渡した。

「はい、セラフィーナ。欲しがっていた翡翠貝の装身具だよ。お父様は人望があるから、売り切れていた品物をたくさんもらえたんだ」

得意気な声を上げるおとー様を、騎士たちが無言で見つめている。

その様子から、実際に人望はあるのかもしれないけれど、今回は王様という立場だからこそ入手できたものではないのかしら、と考える。

けれど、私は賢い王女のため口には出さなかった。

手に持った袋はずしりと重く、これならばきっと、シェアトの妹さん用に装身具を分けてあげられるわね、と嬉しくなる。

ちらりとシェアトを見ると、彼は『よかったですね』とばかりに微笑を浮かべてくれたけれど……その時、朱色の髪の小柄な女性がシェアトに話しかけてきた。

「もしかして……シェアト？」

シェアトは何気なく声がした方に顔を向けたけれど、その女性を目にした瞬間、離れた場所から見ても分かるほどに、体がぎくりと強張る。

目を見開いたまま硬直し、返事をしないシェアトの服を掴《つか》むと、その女性は畳み掛けてきた。

「ザイオス村に住んでいたシェアトでしょう？　隣のデイラ村に住んでいたリラよ！　ほら、しょっちゅう鳥の卵を持って行って、あなたは美味しい、美味しいって食べていたじゃない」

「いや、オレはシェアトという者では……」

誰が見てもシェアトはリラを知っている様子だったし、シェアトという名前を言い当てられた以上、知り合いであることは確かだというのに、彼は往生際悪く否定しようとしていた。

けれど、否定の言葉を言い切る前に、リラから断言される。

「こんなに鮮やかな黄色い髪を見間違えるわけないわ。『ケーコクの黄髪』のシェアトだわ！」

リラの言葉を聞いたシェアトは、一瞬にして顔色を変えた。

そして、全く彼らしくないことに、ぶるぶると震え出すと大きな声を上げる。

「オレは……違う！　よく見ろ、オレの髪の半分は赤だ!!　黄色ではない!!」

そう叫ぶと、シェアトは身を翻して走り去ってしまった。

確かにシェアトの髪の右半分は赤髪だけど、残りの左半分は黄髪だわ……

突然のシェアトの行動にびっくりして動けずにいたけれど、ミアプラキドスがすかさず後を追う。

「オレが連れ戻してきます！」

お願いねという気持ちを込めて頷いていると、リラは近くにいたミラクに話しかけていた。

「あなたはシェアトのお友達ですか？　私はリラと言って、彼の幼馴染です。よかったら彼に、私はこの通りにある薬屋で週の半分は働いているから、時間があれば顔を出してほしいと伝えてくれませんか？」

ミラクは如才なく対応していたので、彼に任せていると、両手に海鮮焼きを持ったおとー様が戻って来た。

「セラフィーナ、ほら、焼きたてだよ！　イカの足と、タコの足はどっちがいい？」

難しい問題だった。

――その後、私はシェアトのことが気になりながらも、はしゃぐ様子を見せるおとー様と手をつなぎ、たくさんの商店を一緒に見て回ったのだった。

◇　◇　◇

そして、夜。

着替えて、いつも通りの格好になったおとー様と一緒に夕食を取る時間になった。

少し前にシェアトがやって来て、許可なく護衛の任を外れたことを謝罪に来たけれど、顔が強張っていたので、きっとリラのことは話したくないのねと思い、『びっくりしたけど、何も問題はなかったわ』とだけ伝える。

心配ではあったものの、本人が話したくないのであればそっとしておこうと考えたからだ。

シェアトの後を追いかけて行ったミアプラキドスも、彼から何も話してもらえなかったようで、詳細は分からないと報告に来たため、しばらくは静観しましょうと伝える。

そして、気持ちを切り替えて、晩餐の席についたのだけれど……昨晩は皆で一緒にご飯を食べたというのに、「陛下と同席が許される立場にはありません」と騎士たちから頑なに拒絶され、席に着いたのはおとー様の他、シリウスと私だけだった。

まあ、せっかく離宮に来たというのに、王城の晩餐室のようなメンバーだわ、と残念に思いながら食事をする。

おとー様はご機嫌で、たくさんのワインを飲みながら、たくさんの話をしてくれた。

それらの話はどれも、とっても楽しいものだったけれど、テーブルの上の料理を食べ終えてしまうと、こくりこくりと頭が傾き出す。

そのことにいち早く気付いたシリウスは、部屋の隅に控えていたカノープスに合図をした。

「セラフィーナを部屋に連れて行ってやれ」

すかさず近寄って来たカノープスに指示を出すシリウスを見て、私は半分目を閉じながら頭を振る。

「んん……、私はまだだいじょーぶよ」

「お前のいたずら精霊が戻っているかもしれないぞ。彼の話を聞いてやるがいい……お前が起きていたらだが」

「ああ、そうね……」

返事をする間に、私はカノープスに抱えられる。

彼はとっても静かに歩くため、ゆるやかな波に揺られているような気分になり、私はベッドに下ろされる前に眠ってしまったのだった。

【ＳＩＤＥシリウス】初代精霊王

カノープスに連れていかれるセラフィーナは、既に半分眠っているように見えた。

昨夜も様子を見に行った時には夢の中だったし、体を動かした分、早く眠ってしまうようだ。

微笑ましく思いながら王に視線を戻すと、苦虫を嚙《か》み潰したような表情の王と目が合った。

「シリウス、断っておくがセラフィーナは私の娘だからな！　お前の娘ではないからな」

何を当たり前のことを言っているのだと思いながら、王の言葉をそのまま返す。

「もちろん承知しています。彼女はオレの娘では決してありません」

「……そう強調されると、それはそれで心配だな。まさかお前、人の娘をかすめ取ろうとしているわけじゃあないだろうな！　嫁に出す相手は、私が厳選するからな！」

それは正しい行為だ。が、王だけに任せるつもりはない。

「セラフィーナはまだ6歳ですよ。それに、彼女が成長した時に、彼女が望む男性と一緒にしてやるべきです。もちろん、いくら彼女が望んだとしても、おいそれとくれてやることはできませんので、オレが直々に相手をして、人となりを見極めます。そのうえで、オレがよいと判断した者だけを、王が厳選する相手として俎上《そじょう》に載せましょう」

「えっ、それは……どうなんだ。私だってセラフィーナをどこぞの馬の骨にくれてやるつもりはないが、一生独身でいさせるつもりもないからね。お前に相手の確認を頼むと、私のもとには誰一人上がってこないような気がするよ」

そう言って引きつった表情を浮かべる王に視線をやると、オレは王の訪問目的を確認することにした。

セラフィーナに会いたいがために、王がこのタイミングでセト海岸を訪問したのは間違いないだろうが、娘に会うことだけを理由に、一国の王が王都を離れられるはずもない。

そのため、王の訪れにはそれ相応の理由があるはずだ、と考えながら。

「王が直接訪れなければならないほど、この地は重要な場所なのですか？」

ストレートに質問すると、同じようにまっすぐな答えが返ってくる。

「うーん、実はこれ王家最大の秘密なんだけど、この地には初代の精霊王がお住まいになっているんだよね」

あまりにも重要な話をあっさりと口にした王を見て一瞬絶句したが、直ぐに気を取り直すと、部屋の隅に控えている騎士たちに視線をやる。

彼らの全員が背景に徹しようと努めていたものの、驚愕した様子で目を見開いていたので、王の声が届いていることは明白だった。

騎士たちの退出を促すべきかと、確認するために王を見たが、「そのままでいいよ」と軽い調子で手を振られる。

「どのみち、ここにいる騎士たちにも協力してもらう話になるからな」

……なるほど、セラフィーナが盲目であるという情報を開示した時には全ての者を人払いしたのに、いくら騎士たちの協力を仰ぐにしても、今回は騎士たちを残して、話を聞かれてもいいと考えているのか。

王にとって、『王家最大の秘密』とやらはセラフィーナの秘密よりも軽いのだなと考えると、満足する気持ちが湧いてくる。

無意識のうちに表情が緩んでいたようで、王から奇異の目で見られた。

「そのように優しい表情を浮かべるとは、シリウスは精霊王が好きなのか？　誰だって精霊王の恩寵を受けているから、嫌いなはずはないだろうが」

そう言うと、王は持っていたワイングラスをテーブルに置いた。

「知っての通り、初代精霊王は我が王家にとって父にあたる。あの方が人の子との間に産ませた者が、ナーヴ王家の始祖になるのだからな。そして、……これが正しい判断なのかは分からないが、精霊王と王家の関係についての大事な部分は、代々の王に口伝で伝えられている。情報が正しく伝達されないかもしれないリスクより、多くの者の目に触れるかもしれないリスクの方が大きいと判断したんだな」

「なるほどですね」

相槌を打つと、王は顎髭を撫でながら考える様子を見せた。

「だから、言うまでもないことだが、今夜聞いた話は他言無用だ。それで……知っているかもしれないが、異なる種別の者が交わった場合、子には母親の種が継承される」

現王家で証明されていることだなと思いながら頷くと、王は正にそのことを説明し始めた。

「そのルールに則り、初代精霊王と人の子の間に生まれた我が王家の者は、全て人となった。精霊は長い時間を生きることができるが、人の子はそうではない。そのため、初代精霊王は妻と子どもたちが亡くなったのを見届けた後、『もう十分だろう』とこの地にお隠れになったのだ」

「その際に、精霊王の地位を別の精霊に譲られたのですか？」

王が何度も『初代』と口にしているのは、精霊王の代替わりが行われたということだろう、と考えながら問いかける。

すると、予想通り王は頷いた。

「ああ、その通りだ。初代精霊王は余生を静かに暮らしたいと望まれて、代替わりをされたのだが……あの方は『精霊の始祖』とでも言うべき、太古の大陸であるロドリゴネ大陸が存在した時からいらっしゃったご存在だ。精霊は長く生きれば生きるほど、その地の力を取り入れて強くなるから、あの方の力は卓越している。本来であれば、あの方の血と力を引き継いだ精霊が、次代の精霊王になるべきだったが、初代精霊王の子は全て人の子だったため、その時にいた精霊の中で、最も力の強い精霊に王の位を譲られたのだ」

「それが、今の精霊王ですか？」

ナーヴ王国が興ったのは約２５０年前だ。

そして、精霊王が代替わりをしたのが、初代精霊王の子である初代国王とその弟妹が亡くなった後だというのであれば、２００年ほど前のことになるはずだ。

ロドリゴネ大陸があった遥か昔から２００年前までを初代精霊王の在位期間と考え、それを基準にするのならば、この２００年の間に再度精霊王が変わったとは考え難いなと思って質問する。

すると、王は首を横に振った。

「それは分からない。初代精霊王にとって当時の王族は子どもたちだったから、気軽に話をしてくれたようだが、今の精霊王とは血縁でないから、お目にかかったことすらないからね。現在の精霊王の状況はこれっぽっちも把握できていないんだ」

それはもっともな話だなと考えて頷くと、王は訴えるかのように両手を広げた。

「精霊はこの世界を適切な状態に保ってくれる存在だ。なぜなら精霊は世界から力を取り入れ、その力を世界に還元しているのだからね。世界は色々な外因を受け、常に変化していくものだが……急激に、あるいは大幅に変わり過ぎると、人にとって暮らしにくいものになる」

元々は、水や風や光であったものが精霊になったと言われている。

そのため、精霊と世界は……あるいは自然は同質のもので、互いに影響し合っているのだろう。

たとえば暖かい空気が流れ込んできたら、その辺り一帯が暖かくなるように。

たとえば暗闇に光が差したら、その辺り一帯が明るくなるように。

精霊はそのように暖かい空気や光のような存在で、世界に影響を与え、変化させることができるのだ。

とはいえ、自然そのものが精霊に変化していたのは昔の話で、最近では精霊同士が結び付くことで、新たな精霊が生まれているらしいが。

「初代精霊王は太古の昔から存在していた『始祖の精霊』でもあるから、この世界が生まれたばかりの、最も健康だった時代の力を吸収し、保持しておられる。これまでは、その力を世界に還元してくれていたので、私たちの世界のバランスも取れていたが……200年前に古《いにしえ》の精霊たちを引き連れてこの地に引きこもられて以降は、そうもいかなくなってね」

恐らく、初代精霊王は太古の水や空気、光から生まれているのだ。

そのため、現在では存在しない古の力を持っているのだろう。

「ほら、ここにはロドリゴネ大陸の欠片があるだろう。だから、初代精霊王にとっては生地とも言える懐かしい場所なんだよ。そのため、あの巨石の付近に人には見えない宮殿を建てて、籠もっておられるんだ。そうは言っても、これまでは稀に宮殿から出て、力の欠片を海に落とされていた。だから、ぎりぎりのところで世界のバランスが取れていたのだが、最近は本当に籠もりっぱなしになられたのか、その欠片が見つからないみたいでね」

「力の欠片？」

何かの暗喩だろうかと考えながら問いかけると、王は言い直した。

「そう、一般には『黄金貝』と呼ばれている物を、稀に海に落としていかれるんだ。あれは貝に見えるだけで、実際には初代精霊王の涙なのだよ。強大な力の主が落とす涙だから、やっぱり力があって、涙は海に溶けて海を浄化していたんだ。目に見える現象としては、海水温を一定に保ってい た。そして、その効果は海を通して世界中に広がっていた」

「海でつながっていない場所などありませんからね」

なるほど、初代精霊王の力は海を通して、世界中の隅々まで届いていたのか。

そして、世界の様々なもの……たとえば魔素とのバランスまでをも取っていたのだろう。

体感としてここ3年ほどの間、魔物が増えてきたように思っていたので、答えを得た気持ちになる。

「だが、最近ではその貝もとんと見つからないから、いよいよ初代精霊王は完全に離宮にお隠れになって、もうこちらの世界とは関わるつもりがないのかもしれないと考えていたところだ。どうやら、あの方の宮殿は歪められた空間の中に造られているようで、私たちの世界とは交わらないようになっているみたいだからね」

王は言葉を切ると、疲れた様子でため息をついた。

「もちろん、あの方は好きに暮らす自由があるし、世界の安定のために力を還元してほしいというのは我々の勝手な言い分だ。世界の命運をたった1人の手に委ねること自体が、そもそもの間違いだということも分かっている。だが、我々王家の者はあの方の子孫でもあるわけだし、家族間のお願いごとをするくらいの気安さで、要望を口にしてもいいのかなと思ってね」

「実に王らしい発想ですね」

その時、オレの脳裏に浮かんだのはセラフィーナの姿だった。

初代精霊王の金の瞳を受け継ぎ、精霊の言葉を解することができる少女。

――初代精霊王への使者として、彼女以上の適役はいないだろう。が……

オレは指でとんとテーブルを弾く。

それから、セラフィーナを王城へ連れ戻し、彼女の現状について国王夫妻に説明した場面を思い返した。

あの時、セラフィーナが精霊の言葉を理解できることについては、一切話していなかったな。

……僥倖《ぎようこう》だ。

セラフィーナを可愛がっている王ではあるが、場合によっては彼女を介して初代精霊王と接触を図ろうとするかもしれない。

あるいは、王が反対したとしても、その事実を知った第三者が彼女を使者にと申し出るかもしれない。

だが、6歳の少女に世界の行く末を決めるための一端を担わせるのは酷だろう。

「王は初代精霊王と会うつもりなのですね」

オレはセラフィーナに関する情報を胸の内にしまい込むと、普段通りの表情で質問した。

「うーん、そのつもりで来たんだけど、その方法が見つからなくてね。初代精霊王は王城を去る時に、『私と会いたい時は、黄金貝を精霊の宮殿の入り口に捧げてくれ』と言い残していったんだよ。精霊の宮殿はあの巨石群のどこかにあるとしても、鍵代わりとなるはずの、肝心の黄金貝が落ちてないからね」

王はそう言うと、椅子に深く座り込んだ。

「『黄金貝が落ちなくなったことを、黄金貝を使って訴えに行く』って不可能だよね！　それがないから困っているのだから。これはとんちクイズなのかな？」

「なるほど、何が何でも海の中から黄金貝を探さなければならないということですね」

不敬過ぎるので口には出さないが、要するに、どうにかして初代精霊王を泣かせなければいけないということだろう。

心の中でそう考えていると、恐らく同じことを考えていたであろう王がため息をつく。

「はあ、涙を流してもらおうにも、会えもしない相手をどうこうできるはずもないよね。八方ふさがりだ」

困った様子で窓の外を眺める王を前に、オレは初代精霊王に思いを馳せた。

王から聞かされた話の多くは初めて聞くものだったが、これまでに知っていた情報と符合するものばかりで、違和感を覚えるものはなかった。

初代精霊王は人の子である妻を深く愛していたという。

そして、今いるセト離宮は、初代精霊王の時代に彼が家族と過ごすために建てたものだ。

恐らく、初代精霊王は妻と子どもたちが亡くなった今、家族との思い出の地で、失われた幸福を思い出して涙を流しているのだろう。

その涙が黄金貝と呼ばれ、この地を、そして、世界を適切に保っているのだ。

「精霊は人に近い形をしていますが、本質は水や空気といった、より根本的に世界を構成するものに近いのでしょう。彼らは聖女と契約して、大気中にある魔素を魔力エネルギーに変換しますが、それは精霊が自然と同じもので、それゆえ、自然に干渉可能だからこそできることのはずです。だが、初代精霊王の力が世界そのものに影響を与えるほど強力だとは思いませんでした」

「あの方は特別なんだよ。この世界が最も理想的な形をしていたと言われる時代に誕生し、その時代の『原始の力』を持っている始祖様だからね。そして、あの方が側近として宮殿に抱え込んでいる精霊たちも似たようなものらしいから、あの宮の住人には逆らうものではないとのことだ」

王の話を聞いて、人知の及ばないレベルの話だなと思う。

幸いなのは、基本的に精霊は、積極的に自然を制御しようと考えないことだ。

「いずれにしても、精霊は能動的に自然に働きかけることはまずないでしょう。聖女との契約に基づき、彼女たちの望みを叶えようとした結果、あるいは、零れた涙が海に溶けた結果として、世界に影響を与えるだけです。……さて、黄金貝が見つからないとなると、他に初代精霊王の宮への鍵となる代替品はありますか？」

まずは現実的な問題から片付けようと尋ねると、王は行儀悪く頬杖をついたまま返事をした。

「それなんだけどねー、ほら、ここから馬で1時間ほど行った場所に森があるだろう。あそこに黄金の実がなる木があるって聞いたことがあるんだよね。そして、その実を黄金貝の代わりに精霊の宮殿に捧げればいいと言われたんだけど、……その話は、私が幼い頃に聞いたんだよね。だから、王になる者として口伝されたのか、おとぎ話として聞かされたのか、どちらなのかの記憶が曖昧で」

はははーと笑う王を見て、口伝の恐ろしさを理解する。

なるほど、このように個人の記憶による曖昧な話であっても、それ以外には何のヒントもない場合、詳細に検証しなければならないのか。

「……分かりました。明日以降、黄金貝を探す者と黄金の実を探す者に分かれて、両方の探索を始めます」

「さすが、シリウスだね。助かるよ。だが、森は少しずつ様子を見ながら対応してくれよ。精霊が影響を与えるのは、この世界の全てのものだからね。あの方の宮に一番近い森だから、そこに棲む魔物は他と比べて活性化しているはずだ」

「気を付けます」

そう答えながら、ちらりと壁際に目をやると、騎士たちは諦めの表情を浮かべていた。

「……あああ、休暇のような仕事が終わってしまった！」

「だよな！　こんな上手い話があるもんかと思っていたんだよ！　ああああ、海も買い物も楽しかったな!!」

初代精霊王の秘密を共有したというのに、それよりも、休暇まがいの日々が終わることを重要事案として受け止めたようだ。

「何とも健康的だな」

騎士たちの神髄を見た気持ちになったオレは、思わずそう呟いたのだった。

隠し宮殿と泣き虫精霊

翌朝というか、翌昼というか……カノープスに抱えられたところで記憶が途切れている私は、太陽が空のてっぺんに位置する時間に目が覚めた。

この地ではセブンも寝坊をするようで、私を起こしに来る者は誰もいないのだ。

リゾート万歳！　と思いながら、ベッドから体を起こす。

侍女たちに着替えさせてもらい、部屋を出ると、廊下で私を待っていた様子のカノープスと目が合った。

「カノープス！　昨日はへやまで連れてきてくれてありがとう。私は歯もみがかないで眠っちゃったから、おきたら3回みがいたわ！」

行儀のいい王女であることをアピールすると、カノープスは戸惑ったように瞬きをした。

「それは……素晴らしいですね」

「ふふふふー」

カノープスと連れ立って食堂に入ると、シリウスが書類を読んでいた。

「目が覚めたか、眠り姫。このまま何年も眠り続けるのではないかと心配していたところだ」

「うふふー、その時は私をこしょこしょすると、すぐに目が覚めるわよ」

「……代わりに、お前から枕を投げられそうだ。いや、それは最後の手段だな」

椅子に座り、運ばれてきた食事を食べていると、ふと周りが常になく静かなことに気付く。

「あれっ、そういえば騎士たちがいないわね。あっ、もしかしてまだねているの？　だったら、私の方が早くおきたわ！」

「悪くない推測だが、ハズレだ。奴らは日が昇る頃に起き出して、半分は海に、半分は森に出掛けて行った」

「ええっ！　そんなに早く起きたの？　そして、もう遊びに行ったの!?　私も行きたかったわ!!」

「だったら、まずはプレートの上の料理を食べてしまうことだな」

シリウスに言われた通りプレートに載った料理を口に運びながら、私はちらりとシリウスを見やる。

「シリウス、昨日のシェアトのことだけど、いつもの彼らしくなかったわよね。自分からしゃべってくれるまでそっとしておこうと思うのだけど、それでいいと思う？」

シリウスは小さく微笑んだ。

「お前のように、1人1人の騎士を気にする王女は他にいないだろうな。シェアトは大人だ。自分で考える頭を持っている。それに、奴にも話したくない過去の一つや二つはあるだろうから、放っておくのが優しさという場合もある」

その口調に何かを感じ取り、じろりと見つめてみたけれど、そ知らぬふりで見返された。

……シリウスは何かを知っているわね。

そう直感的に思ったけれど、彼の表情を見る限り、何も教えてくれないだろうことは明白だったので、「分かったわ」とだけ答える。

それに、シリウスが放っておくのがいいと言っているのならば、きっとそうなのだろうと思え、気分が楽になる。

たった一言で私を安心させるなんて、シリウスはすごいわねと思いながら食事を進めていると、セブンがやってきて隣の椅子に座った。

「久しぶりにお前の悪戯精霊を見たな」

シリウスがそう発言したことから、セブンが姿を隠していないことに気付く。

なぜ心変わりしたのかしら、と思いながらセブンを見つめると、彼は行儀悪くテーブルに突っ伏して唇を尖らせた。

《この地は何だか力が抜けるんだよね。リラックスするというか。もう皆に姿を見せてもいい気になってきたよ》

彼の発言内容が、これまでと180度異なるものだったので、一体どうしたのかしらとびっくりする。

早起きのセブンを朝寝坊にしているし、この場所は精霊を緩める効果があるのかしら。

……いい変化なので、放っておくけど。

「セブン、昨日はこの辺りを探索したんでしょ。何か見つかった？」

《うーん、それがよく分からないんだよね。巨石群の辺りに何かがあるのは確かだけど、巧妙に目隠しの術が掛けられていて、見つけられないようになっているんだよ。僕は力の強い精霊だと思っていたけど、一日中探したのにヒントも見つけられないようじゃ、大したことないのかもしれないな》

珍しくセブンが落ち込んでいる。

「えっ、だ、だったら、今日は私も一緒に探しましょうか？　そうしたら、昨日は見つからなかった何かが見つかるかもしれないわ」

《でも、『何か』があるのは巨石の上だよ。フィーは石の上まで登れないから、止めといたほうがいいんじゃないかな》

「うー」

私もセブンの真似をしてテーブルに突っ伏したところで、おとー様がいないことに気付く。

「シリウス、おとー様はどこかへ出かけたの？」

「ああ、今朝早く、至急王城に戻るようにと迎えが来てな。王はどうしてもお前に別れの挨拶をしたいと抵抗していたが、そんな時間はないと従者が騒ぎ、王は皆から寄ってたかって馬車に押し込まれていた。御者が即座に馬車を出し、そのまま王都へ戻って行ったな」

「えっ、何か大変なことがおこったのかしら?」

「元々入っていたスケジュールを、王妃や貴族たちに代行させる形でこの地に来たため、つけを回収する時間になったというだけだ。要約すると、王妃から何としてでも王を連れ戻すようにと特命を受けた従者が、鬼の形相で現れたというわけだ」

「まあ、それは」

おかー様も困っていたのだろうから、どうしようもないわね。おとー様、お大事に。


結局、ご飯を食べ終えた私は、セブンとともに巨石群を見に行くことにした。

シリウスは騎士たちを見回ってくると出掛けて行ったので、カノープスに護衛として一緒に付いてきてもらう。

カノープスは初めてセブンの姿を目にしたようで、驚いたように目を見張ったけれど、一言も発言することなくすぐにいつも通りの表情に戻った。

その姿を見て、まあ、シェアトや私にはできないクールな対応ね! と感心する。

そして、カノープスのクールな対応はカッコいいから、私もこのスタイルを目指そうと3分くらい黙っていたけど、すぐに口元がムズムズしてきた。

そのため、クールなスタイルを身に付けるのは今ではないわね、と考えを改める。

私はまだ6歳だから、カノープスの年齢になるまでにクールさを身に付ければいいのだわ、と自分に言い聞かせながら。


さて、巨石群の真下付近に到着すると、私は巨石を見上げながらあんぐりと口を開けた。

「お、大きすぎる！」

なぜならどの石も、10メートルくらいの高さがあったからだ。

横幅もその半分くらいはあり、石たちが連なって乱立している様はものすごく迫力があった。

注意深く見てみても、足場になりそうなおうとつがわずかしかなく、巨石をよじ登るのは最後の手段だと結論を出す。

そのため、セブンと役割分担することにした。

「セブン、石の上と下からどーじに探していくのはどうかしら？」

セブンが飛びながら石の上側部分をチェックし、私は砂浜を歩きながら、石の下側部分をチェックするのだ。

巨石群は三日月形の砂浜の上に乱立していたけれど、それらの巨石は砂浜の真ん中部分に集まっている。

そのため、砂浜の両端には人が通れるスペースがあり、そこを通ることで三日月の先っぽまで移動できるのだ。

《そうだね。じゃあ、同じ石を同時に上からと下からチェックすることにしよう》

初めのうちは石の上をいちいち見上げて、セブンの位置を確認した後、視線を下げて石の様子を見ていたけれど、そのうち海面に映ったセブンの姿を見ることで、彼の現在位置を確認できることに気が付く。

「うーん、このかくどから見て、どうして巨石の上部分とセブンが海面にうつるのかしらね？」

セブンの言う通り、この辺りには何か不思議な力が働いているのかもしれない。

ありがたいことだわと思いながら、海面に映るセブンの姿を確認していると、19番目の石に来たところで、突然セブンの姿が見えなくなった。

「セブン、どこに行ったの？」

心配になって問いかけると、平然とした声が響く。

《えっ、石の上にいるよ。ほら、フィーからよく見えるように、端っこに立っているだろう？》

「ううん、私にはセブンの姿が見えないわ」

《えっ!?》

少しすると、セブンが三つ先の石の上に現れた。

「あっ、セブンが見えるようになったわ！　どこにかくれていたの？」

《これまでと同じように、石の上を飛んで移動しただけだよ。……フィーはそこの三つの石の上を飛んでいる時だけ、僕の姿が見えないみたいだったよ》

「えっ、一体どういうことかしら!?」

そう声に出したところで、私はふと、シェアトが話していた『王家直轄領七不思議』の話を思い出した。

『これは、騎士たちの間でまことしやかに囁かれている「王家直轄領七不思議」の一つなんですが、この海にはレグルス王の秘宝が隠されているらしいのです。その宝物の中にはありとあらゆるものが揃っていて、三日月の夜に正しい場所から海を覗き込むと、その者が欲している宝物が海の中に見えるらしいのです』

それから、この海の言い伝えを。

『この海は「黄金海」と呼ばれていて、きらきらと輝く黄金色の貝が稀に落ちているのだけれど、その貝はこの海の主の物のため、持ち帰ると不幸を招くという』

さらに、シリウスが『言い伝えや噂というのは、全て正しく伝わるものではない』と、以前言っていたことを。

今は昼間で、月はまだ出ていないけれど、『三日月の夜』というのは『三日月形の砂浜』のことなのかもしれない。

そして、その場所に『ありとあらゆるものが揃っている秘宝』が隠されているのかもしれないから……

「セブン、分かったわ！『王家直轄領七不思議』と『黄金貝』のでんせつを足して考えるのよ！

セブンが見えなくなったその三つの巨石の上には、海の主のひほーがかくしてあるのじゃないかしら？　そして、海の主はレグルス王の宝物にくわえて、精霊にかんするアイテムをあつめているのよ！　だから、精霊のけはいを感じていたんだわ」

《面白い話だけど、言い伝えと伝説だけを根拠にした、完全なるフィーの推測だよね。でも、この石の上に何かが隠蔽してあるのは確かだな。もしもフィーが言うように宝物庫だとしたら、巨石三つ分の大きさだから、相当の物が溜め込んであるはずだよ》

セブンと話をしていたことでわくわくが止まらなくなり、何が何でも海の主の宝物庫を見てみたい気持ちになる。

「セブン、私もこの石にのぼって、一緒にほーもつこをさがすわ！」

けれど、そう宣言した途端、カノープスが慌てた様子で距離を詰めてくる。

私を守るという立場上、カノープスは巨石に登ることに反対したけれど、どうしても登りたいと言い張ると、少し逡巡した後、「失礼します」と言って私を抱きかかえた。

それから、カノープスの右肩の上に座らせる。

「申し訳ありませんが、私は両手を使用しますので、ご自分で私にしがみついていただけますか」

「ええ！」

カノープスが何をするつもりなのかは分からなかったけど、元気よく返事をすると、ぎゅううっと彼の頭にしがみついた。

すると、カノープスは腰に巻いていた布を外して私の体に巻きつけ、その端っこを彼の体に結び付ける。

それから、カノープスは巨石に近付き、石のくぼみに両手を掛けた――ちなみに、私たちが「何かある」と言っていた19番目の巨石ではなく、18番目の巨石にカノープスは手を掛けた。こういうところが彼の用意周到なところだと思う。

さらに、彼は上半身を持ち上げると、同じようにくぼみに足を乗せ、両手両足を使って器用に巨石を登っていった。

「えっ、す、すごい！」

びっくりして目を丸くしている間に、カノープスは巨石の頂上まで登り切ってしまう。

あまりの早業に、私は驚くことしかできなかった。

「すごい、すごい！　私をかかえて石をのぼりきるなんて!!」

両手で握りこぶしを作り、興奮気味にカノープスを称賛したけれど、彼は何でもないといった様子で肩を竦めただけだった。

「ううう、こういうところがカノープスのクールでカッコいいところよね！　私も次にすごいことをした時には、肩をすくめるだけで黙っているから」

そう宣言すると、私は巨石の真ん中に立って周りを見回す。

「まあ、少し植物がはえているだけで、石の上には何もないのね」

私の言葉通り、石の上にはわずかに草や木が生えているだけで、開けた空間が広がっていた。

ただし、この辺りの巨石は連なっているので、石の上からでも問題になっている隣の巨石まで歩いて行けそうだ。地上からの距離が離れ過ぎていて、歩くだけでも足が震えそうだけど。

私は巨石の真ん中に立つと、空中を飛んでいるセブンに続いて、慎重に一歩一歩を踏み出していった。

けれど、突然、ごちんと何かが頭にぶつかる。

「いいいっ!?」

かなりの衝撃を受けたため、体が後ろに吹っ飛び、そのまま尻餅をついてしまう。

「セラフィーナ様!?」

慌てて駆け寄ってきたカノープスに抱き起こされたけれど、すぐには声も出せないくらい額が痛い。しばらく悶えた後、私は心からの声を出した。

「～～～～い、痛い!!」

何もないと思って歩いていたので、思いっきりぶつかってしまったのだ。

額を押さえながら顔を上げると、目を丸くしているセブンと目が合った。

《フィー、一体何にぶつかったの？》

セブンが驚くように、私の前には空間が広がっているだけで何もなかった。

「えっ、う、うん。そうね、何にぶつかったのかしら？」

あれっ、でも何か硬い物があったのだけど、と思って手を伸ばすと、そこには確かに何かがあった。

「ええっ？」

立ち上がって、見えない何かを両手でぺたぺたと触っていると、どういう仕組みなのか、私が触れた部分から壁の一部が出現した。あるいは、隠されていた物が目に見えるようになった、と言うべきか。

「えええええ!?」

そして、目に見える部分は、私が触れていた箇所からどんどん広がっていき、あっという間に、巨石3個の上にまたがる形で真っ白な宮殿が現れた。

あまりにも非現実的な光景に、あんぐりと口を開けたまま、ぱちぱちと瞬きを繰り返してみたけれど、目の前の景色は変わらなかった。

私の真正面には、空に届くほどに大きくて壮麗な宮殿がそびえ立っていたのだ。

よく見ると、白亜の宮殿は重厚な様子を見せながらも、宮殿と同じくらいの高さの巨木が何本も巻き付いているという、不思議な様相をしていた。

恐らく、巨木の一部は宮殿の内側にも入り込んでいるだろう。

また、あちこちに噴水が設置されている一方、足元には浅く水が溜まっており、陽の光にきらきらと輝いていた。

その初めて見る常識外れな威容に言葉を失っていると、しんとした中にかつん、かつんと小さな足音が響いた。

この宮殿の住人かしら、とはっとして顔を向けると、宮殿に巻き付いている木の陰から1人の少年が顔を覗かせた。

◇　◇　◇

現れたのはびっくりするほど美しい顔立ちをした、10歳前後と思われる少年だった。

そして、身長と同じくらい長く伸びた深緑色の髪の下からのぞく耳は尖っていて、彼が人ではなく精霊であることを示していた。

少年は私の前までゆっくり歩いてくると、呆然とした様子で目を見開く。

「え？　あの……」

少年が何に驚いているのかが分からなかったため、思わず問いかけるような声を上げたけれど、彼は聞こえていないかのように私に向かって片手を伸ばしてきた。

けれど、その手は途中で止まってしまい、私に触れることはなかった。

よく見ると、伸ばされた彼の手はぶるぶると震えている。

びっくりして見上げると、いつの間にか彼の体全体も震えていて、まるで亡霊でも見たかのように顔色まで悪くなっていた。

「え、あの、どうしたの……」

心配する声を上げかけたけれど、彼が小さく何事かを呟いたので口をつぐむ。

根気強く待っていると、少年はもう一度口を開き、震える声を紡ぎ出した。

《ル……ルーンティア》

それは、聞いたことがない名前だった。

けれど、どうやら私はその名前の人物に間違われているようだ。

そのことが分かったため、これは早めに誤解を解いた方がいいと思い、恐る恐る訂正する。

「あの……私はセラフィーナよ」

けれど、少年が理解していない様子だったので、精霊の言葉に切り替えた。

《はじめまして、セラフィーナです》

すると、少年はびくりと体を硬直させた後、ぼとぼとと大粒の涙を零し始めた。

《えっ、ど、どうしたの？　どこか痛いの？》

びっくりして体調を尋ねたけれど、少年は返事をすることなく、微動だにすることもなく、ただ涙を流し続ける。

根気強く待っていると、少年はもう一度手を伸ばしてきて、今度こそ私の片手を取った。

《ひ……人違いだということは分かっていた。でも、君がルーンティアそっくりだったから！

……彼女にどこからどこまでもそっくりなのに、私の瞳を持っているなんて奇跡だ。しかも、人の子でありながら、精霊の言葉をしゃべれるなんて》

少年はそう言うと、私の手を取ったまま、おーん、おーんと声を上げて泣き出した。

すると、どういう仕組みなのか、突然、辺り一面に激しい雨が降り始める。

「えっ、雨？」

カノープスが慌ててシャツを脱ぎ、濡れないようにと私の上に広げてくれたけれど、それくらいで防げるような弱い雨ではなかったため、あっという間に全身が濡れてしまう。

目の前で声を上げて泣いている精霊を放ったまま、自分たちだけで雨宿りをするわけにもいかず、雨に打たれながら少年が落ち着くのを待っていると、私たちが濡れネズミになった頃にやっと、少年は雨が降っていることに気付いたようだった。

そのため、彼はびっくりした様子で泣き止むと、雨に打たれてびしょ濡れ状態の私たちを茫然として眺める。

《えっ、人は脆くて弱いのに、どうして雨に打たれているの？》

ううーん、この子を一人で置いていくわけにはいかなかったからだけど、それは言わない方がいいわねと思い、「雨が好きなのよ」と答える。

偶然だとは思うけれど、彼が泣き止んだのと同時に雨も止んでいた。

私の答えを聞いた少年は、困ったように眉を下げると、身を翻して宮殿の方向を指で示した。

《付いてきて。着替えを用意するから》

けれど、セブンと私が付いていこうとした瞬間、カノープスが制止の声を上げる。

「お待ちください！　私はこの宮殿が何物であるのかを把握していません。精霊が人を傷つけるという話は聞いたことがありませんが、何かあってからでは遅いのです！　本日の護衛は私１人しかおりませんし、私１人で対処できることは限られています。この場は一旦、セト離宮にお戻りいただくことを提案いたします」

カノープスの言うことはもっともだったので、どうしたものかと動けずにいると、少年は言葉が分からないながらも、雰囲気から感じ取れるものがあったようで口を開いた。

《君の護衛が警戒しているようだけど、私は絶対にセラフィーナを傷付けないよ。精霊の約束だ。それと……私はまだ名乗ってなかったね。私はオリーゴーと言う》

精霊が名乗った瞬間、セブンは目に見えてびくりと全身を硬直させた。

精霊が名を明かすのは信頼の証だから、あまりに簡単に名前を口にしたことに驚いたのだろう。

私も警戒心のない精霊ね、とびっくりする。

レントの森にはオリーゴーよりも幼い精霊たちがたくさんいたけど、もっと用心深かったわよ。

私はカノープスを振り返ると、安心させるように大きく頷いた。

「カノープス、この精霊は名前を教えてくれたわ。それはさいじょーきゅーの信頼のあかしで、精霊は名をおしえた相手をぜったいにうらぎらないの。彼が私たちをきずつけることはないから、安心してちょーだい」

カノープスは私の質問に答えず、質問で返してきた。

「……セラフィーナ様は精霊の言葉が分かるのですか？」

「ええ、私はずっと精霊たちといっしょにいたから、彼らのことばがわかるようになったのよ」

「…………」

カノープスは緊張した様子でごくりと唾を飲み込むと、「そこまでなのか」と震える声で呟いた。

「え、何か言った？」

「私は私の主の価値を正しく理解していなかったと、自省していたところです」

カノープスの心から反省している様子を見て、私ははっとする。

精霊たちと一緒に暮らすのは、あまり見ない生活スタイルだ。

そして、私がそんな風に暮らしていたことを、カノープスは初めて知ったのだ。

まずい、カノープスは私が自由過ぎると感じて、王女としての品格が足りないと判断したのかもしれない。

彼が青ざめているのは、迂闊《うかつ》に私の護衛騎士になったことを後悔しているからかもしれないわ。

「カ、カノープス、安心してちょうだい！　私はこれでもりっぱな王女だから！」

「もちろん存じ上げております。私はこれまで以上に身を引き締め、あなた様の護衛に全身全霊を傾けることをお約束いたします」

「あ、そ、そうなの？　ならばいいのかしら？　ええと、では、皆でご招待をうけるってことでいいわよね？　今ここでかえったら、もう二どと精霊のきゅーでんにはお呼ばれされないかもしれないから」

カノープスが頷くのを確認すると、私はオリーゴーに向き直った。

《オリーゴー、ありがとう。私たち……》

けれど、そこで言葉が途切れる。

なぜならオリーゴーが再び泣き出したからだ。

《し、信じられない。その姿形をして、僕の名前を完璧な発音で口にするなんて！　おーん、おーん》

《えっ、名前を呼ばれただけで泣き出しちゃったの？　オリーゴーはセブンより大きいのに。……何か泣くような理由があるのかしら？》

不思議に思って尋ねると、オリーゴーは泣きながら答えてくれる。

《ルーンティアは私のことを「リゴーン」と呼んでいたんだ》

どうやら私そっくりのオリーゴーのお友達は、彼の名前を正しく発音できなかったようだ。

けれど、彼女の発音はいい方だと思う。

精霊の言葉は音が高過ぎて、通常であれば全く聞き取れないのだから。

けれど、オリーゴーはお友達が大好きだったから、正しい名前で呼んでほしかったのだろう。

そして、彼のお友達にそっくりらしい私から、正しい名前で呼ばれたことに喜んでいるのだろう。

オリーゴーはまだべそべそと泣いていたけれど、片手で涙を拭いながら、もう片方の手で私を摑むと宮殿の中まで案内してくれた。

そのため、私は初めて精霊の宮殿に足を踏み入れることになったのだけど、そこは本当に不思議な空間だった。

外観から想像した通り、宮殿の内側には巨木の一部が入り込んでいたし、それどころか、外側からは見えなかった大輪の花が、巨木の枝の先にたくさん咲いていたのだから。

さらに、それらの花には色とりどりの蝶が止まっていた。

たくさんの窓ガラスから陽の光がきらきらと入ってきて、巨木と蝶の組み合わせをとても幻想的に見せている。

あまりの美しさに私はうっとりと見惚れたけれど、オリーゴーにとっては見慣れた景色のようで、何の感慨もない様子で通り過ぎると、広間のような部屋に案内してくれた。

そこはまるで外にいるのかと思うほど、四方八方から光が入る造りの広い部屋で、部屋のあちこちにソファやらテーブルやらが置いてある。

《好きなところに座っていいよ》

そう言われたけど、全身がびしょびしょのため、座ったらソファを濡らしてしまうだろう。

それはできないわと思いながら立ち尽くしていると、オリーゴーは指をぱちんと鳴らした。

すると、全員の頭の上に大きなマントがそれぞれ現れる。

それらのマントがふわりと落ちてきて全身を覆った……と思った途端、そのマントはくるりと体の周りを一周し、消えてなくなってしまった。

「えっ？」

驚くことに、その一瞬でびしょびしょだった髪や手足が乾いており、身に着けている服は先ほどまでのものと異なっていた。

《えっ、えっ、オリーゴー、これは何？》

《精霊の歓待だよ。服は皆への贈り物だ》

セブンが普段から着ている服もそうだけれど、精霊たちは特別な植物を育て、特別な虫にその葉を食べさせ、その虫から生じる特別な糸を紡いで、特別な服を作る。

そうしてできた服はやっぱり特別だから、精霊以外の者にその服を分け与える話は聞いたことがないわ……と思ったけれど、私はまだ6歳だから多くのことを知らないだけよね、と納得する。

私の隣にいるセブンが珍しく無言で、青い顔をしていることが気になったけど、《僕は大丈夫だから》と放っておいてほしそうにしていたので、オリーゴーに意識を戻す。

《セラフィーナ、座って》

もう一度同じことを繰り返されたので、一番近くにあったソファに座ると、セブンも無言のままその隣に座り、カノープスは私の後ろに立ったのだった。

オリーゴーはテーブルをはさんで向かい合う形でソファに座ると、しみじみとした様子で顔を覗き込んできた。

きっと、彼のお友達のことを考えているのねと思った私は、好きなだけ眺めさせてあげることにする。

◇　◇　◇

オリーゴーは涙もろいようで、私を見つめたまま、もう一度ぽろぽろと涙を零し始めた。
じっと見つめ返していると、オリーゴーは悲しいというよりも、嬉しそうな様子で泣いていることに気付いたため首を傾げる。
《オリーゴー、どうしてうれしそうに涙を流すの？》
《それは嬉しいからだよ。セラフィーナ、私にとって君の存在は奇跡なんだ。だって、ルーンティアそっくりの子どもなんて、私には1人もいなかったから。だが、君はそれだけでなく、彼女そっくりの外見をしているうえに、私の瞳を持っているのだから。君は私が望み続けていた私とルーンティアのつながりを示す存在なのだよ》
言われている言葉の意味が分からずに、首を傾げる。
《オリーゴーは10歳くらいでしょ？　子どもがどうとか言っているけど、あなた自身がまだ子ども

よね？　でも、たしかにあなたの金の目は、私の目と同じ色だわ》
《ああ……全く同じものだ》
オリーゴーは泣き笑いのような表情を浮かべると、テーブル越しに手を伸ばしてきて、ぎゅっと私の手を握った。
きっと彼のお友達そっくりの私が、彼と同じ色の目をしていることが、お揃いみたいで嬉しくなったのだろう。
《セラフィーナ、君は幸せ？　何か困っていることはない？　君のためならば何でもしてあげたいんだ。だが、……私はこのまま世界に溶けていくつもりで、体が弱っていくままにしていたから、もうあまり力が残っていないかもしれないな》
最後に続けられたオリーゴーの言葉を聞いて、ぎょっとする。
先ほど簡単に自分の名前を明かしたように、今度は簡単に私の助けになると言い出した人のいい精霊が、まだ子どもだというのに、力が残っていないと言い出したのだから。
《えっ、体がよわっているの？　だったら、次に来る時には元気が出るおみまいの品を持ってくるわね！　何かたべたいものはある？》
《そうだね……昔、ルーンティアが摘んできてくれた赤い実は、甘くて美味しかったな》
《分かったわ、『赤甘の実』ね！　こんど来るときに、もってくるわね》
それから、ふと気になって聞いてみる。

《ここはオリーゴーのおうちなの？　どうしてここにおうちをたてたの？　私に似ているというルーンティアは、ここにあなたを訪ねてくるの？》

するとオリーゴーは楽しそうに笑った。

《ふふふ、質問は一つじゃないんだ。まるでルーンティアみたいにたくさんしゃべるんだね。彼女は人の子で、君のように精霊の言葉は話せなかったから、何を言っているかはあまり分からなかったが》

それから、オリーゴーは寂しそうに視線を落とした。

《ルーンティアはもう、私のもとに来られなくなったんだよ。そのこと自体は受け入れたが、彼女のことを思い出して寂しい気持ちになる時があるから、彼女との楽しい思い出がたくさんあるこの場所に宮殿を建てたんだ》

《こんなに立派なおうちを建てることができるなんて、オリーゴーは強い精霊だったのね》

今は弱っていて力がないとのことだったので、昔は強かったのだろうなと思いながら口にすると、セブンがぎょっとしたように私を見つめてきた。

「どうしたの？」

《い、いや、もちろん強いに決まっているよね！　フィー、言葉には気を……》

《セブン、と言ったかな？　私はセラフィーナの言葉通りの精霊だ。10歳の子どもで、ルーンティアという人の子を大事に思っていて、今となっては「力の強い精霊だった」と言われる程度にしか

強くは思われない精霊だ》
オリーゴーはゆったりとした口調で割り込んできたのだけれど、その言葉を聞いたセブンはびしりと背筋を伸ばした。
それから、滅多に聞かないようなしゃっきりとした声を出す。
《はい、その通りです！　それから、僕は今後二度と、あなたについての話をしません！》
そのセブンらしからぬ従順な態度に首を傾げていると、オリーゴーはぐるりと辺り一帯を指し示した。
《セラフィーナ、この宮殿には私の他に数名の精霊が住んでいるんだ。彼らの全員が、私と違って大人だから、私よりも多くのことができる。実はこの宮殿を建てたのも、庭を整備したのも、全部彼らなんだ》
《まあ、そうなのね》
私は納得しながら、こくりと頷く。
まだ子どもで、体も弱いオリーゴーがどうやってこの宮殿を建てたのかしらと不思議に思っていたけれど、よく考えたら1人で住んでいるはずはないし、彼自身が建てたわけでもないはずよね。
レントの森だって、大人の精霊たちが森を整備し、目隠しの結界を張ったうえで、子どもたちを棲まわせていたのだから。
《そういえば、初めはこのきゅーでんが見えなかったのだけど、私がさわったら見えるようになっ

たのよ。というよりも、そもそも見えないかべにぶつかったから、そこに何かがあるって分かったの》
遅まきながら、この宮殿を見つけた状況を説明すると、オリーゴーは眉を下げた。
《ああ、それは申し訳ないことをしたね。この宮殿にはちょっとした仕掛けを施していて、今いる住人の他には、私の血族にしか反応しないようにしているんだ》
《けつぞく？　……えっ、よ、よく私に、精霊の血がまじっているって分かったわね！　そうなの、ずーっとむかしのご先祖さまは精霊だったのよ。まあ、だから、私にはこのきゅーでんが見えたのね》
確かに初代のナーヴ国王は、精霊王と人の子の間に生まれている。
けれど、それから何代も経っているし、私は見た目《みめ》的に精霊の形質は受け継いでいないから、よく気付いたわねと驚いてオリーゴーを見やる。
すると、オリーゴーはふっと小さく微笑んだ。
《そういう意味じゃないんだけど……セラフィーナは純真だな。それは私の性質ではないから、間違いなくルーンティアの性質だ。すごいな、彼女の血脈はこんなに先までも残っていたんだ……君の中で生きている》
そう言うと、オリーゴーはまたまた涙を零し出した。本当に涙もろい精霊だと思う。
私は手を伸ばして、オリーゴーの頭をよしよしと撫でると、彼はびくりと体を揺らした後、《もっと撫でて》と言ってきた。

どうやら涙もろいうえに、甘えん坊の精霊のようだ。

それから、オリーゴーと色々な話をしたのだけれど、セブンは相槌を打つくらいで、ちっとも会話に入ってこなかった。

セブンはずっとレントの森で暮らしていて、あの場所には顔なじみの精霊しかいなかったから気付かなかったけれど、どうやら人見知りをするタイプらしい。

ひとしきりしゃべった後、私たちは彼の宮殿をお暇することにした。

オリーゴーと話をして分かったことだけど、私の予想とは異なり、この宮殿は『海の主の宝物庫』ではなかった。

既に説明されたように、限られた人数でゆったりと過ごしている、精霊たちの隠れ家だったのだ。

《セラフィーナが教えてくれた言い伝えは、部分的にいいところを突いているけどね》

オリーゴーはそう言ってくれたけど、事実とは全く異なるので、完全に慰めの言葉だろう。

宮殿を去る際に、新しく着せてもらった服が気になってオリーゴーに尋ねたけれど、彼は気にしないでと言いながら笑顔で手を振った。

《それらの服は精霊の祝福を受けているから、様々な幸運を引き寄せるはずだよ》

《うーん、でも、新しい服をもらうなんて悪いわよ。濡れただけだから、着てきた服でもいいのに》

《フィー、これらの服は既に僕らのサイズに仕立ててあるんだから、他の者には回せないよ！　ありがたくもらっておこうよ》
それまでほとんど口をきかなかったセブンが必死な様子で言ってきたので、よっぽどこの服がほしいらしい。
確かに、今度の服もよくセブンには似合っているけど。
《ありがとう！　じゃあ、いただくわ。ほんとーは、この服はすごくかわいいと思っていたからうれしーわ！》
笑顔でそう言うと、オリーゴーも嬉しそうに頬を染めた。
それから、ぶんぶんと大きく手を振る。
《またね、セラフィーナ。また来てね》
《ええ、次は赤甘の実をもってくるわ！》
私は新しくできたお友達にそう約束すると、精霊の宮殿を後にしたのだった。

ヴラドの森

精霊の宮殿を訪問した日から3日が経った。

けれど、その間ずっと雨が降り続いていた。

この地域で雨が降ることは珍しいらしく、騎士たちは外を見ながら「精霊が泣いているんでしょう」と口にしていた。

それは、思いがけない時に雨が降った時の言い回しだったけれど、その言葉を聞いた私は、ふとオリーゴーが泣いていた姿を思い出す。

偶然だろうけど、あの精霊が泣いていた間だけは雨が降っていたからだ。

あんな風に、オリーゴーの涙に連動しているかのように雨が降ったり止んだりする場面を目にしたならば、誰だって精霊の涙と雨を結び付けたくなるだろう。

だから、今ある言い回しが多用されることも不思議ではないわね、と降り続く雨を見ながら考える。

離宮から少し離れた場所に、ヴラドという名前の森があるとのことだったので、オリーゴーに約束した赤い木の実を取りに行きたかったけれど、思ったよりも過保護なシリウスから止められた。

『雨が降っている中、森に行ったら風邪を引く』というのが禁止理由だったので、だったら元から濡れに行く海ならいいわよね、と今度は海に行こうとすると、やっぱり風邪を引くと反対される。

まあ、どこに行ってもダメじゃないのと呆れながらも、シリウスを心配させたくなかったので、3日もの間、王都から持ってきた絵本を読んでいた。

セブンは天候に関係なく、あちらこちらと出掛けているようだったけど、時々は私と一緒にいてくれた。

そのため、オリーゴーの話題を振ってみたのだけど、あまり乗ってこなかった。

「セブン、レントの森以外で子どもの精霊に出会うのは、きっとすごくめずらしいことよ。せっかくだからお友だちになればいいのに」

そう提案したのに、渋い表情を浮かべられる。

《子ども……の姿はしているけど、お友達……ってのは、恐ろし過ぎて無理だよ》

「えっ、オリーゴーが怖かったの？」

《…………》

セブンにしては珍しいことに、会話の途中で黙り込んでしまった。

そのため、嫌がっているのならば、無理強いする話でもないわね、と話題を変えることにする。

「セブンがお友達になりたくないのなら、無理する必要はないわ。それより、もっかのもんだいは

「……」

私は絵本を広げたまま、カノープスがいるだけの部屋で独り言を口にする。

「シェアトなのよね！」

そう、彼はこの3日間、私がシリウスから禁止されたヴラドの森に通い詰めているのだけど、毎日、大怪我をして戻ってくるのだ。

騎士たちが森や海に行っているのは、初めに私が考えたような遊びではなく、ちゃんとした用務があることは教えてもらった。

けれど、森にしろ、海にしろ、騎士たちは探し物をしているだけなので、怪我をする必要はないのだ。

そして、森探索にはミラクとミアプラキドスが同行しており、この2人はかすり傷くらいしか付けてこないのに、なぜかシェアトだけが毎日、大きな傷を負ってくるのだ。

初めて見た時はびっくりして、慌てて治そうとしたけれど、シリウスに止められた。

「セラフィーナ、必要ない」

「えっ、で、でも！」

「シェアトのように無茶をして怪我をした場合は、最低限の治療だけして半日放っておくのが騎士団のルールだ。そうでもしなければ、血気盛んな騎士たちは再び同じ過ちを繰り返すからな。この処置は本人のためだ。怪我をしたら痛いのだということを体に覚えさせ、二度と無茶をしないようにするためのな」

けれど、シリウスの言葉通りにはいかず、シェアトはその後も毎日、大怪我をして戻って来た。

怪我の理由をミラクに尋ねると、ぎりりと奥歯を嚙みしめられる。

「理由は分かりません。ただ、シェアトがいつも以上に馬鹿になっているのだけは分かります。あいつはヴラドの森にいる魔物を、一匹残らず殲滅《せんめつ》しなければいけない気持ちになっているようで、誰が注意しても聞き入れることなく、1人で魔物を追っていくのです」


それからしばらくして、シリウスが騎士たちの見回りから戻ってきた時、私はシェアトが心配で、部屋の中をうろうろとうろつき回っていた。

そんな私を見てシリウスは呆れたように片方の眉を上げたけれど、少しだけ情報を開示してくれる。

「セラフィーナ、そう心配しなくても大丈夫だ。本人は隠したがっているが、シェアトはこの地の近くの出身なのだ。久しぶりに生地に戻ったので、思うところがあるのだろう」

本人が隠したがっていることをどうして知っているのかしら、と驚いてシリウスを見ると、内緒だぞとばかりに人差し指を唇に当てられた。

「第一騎士団は王族警護が仕事だからな。あの団に配属される際に、全ての騎士は念入りに身元を調査されるのだ」

それはごもっともな話だったので、なるほどと頷いたけれど、やっぱりシェアトのことが心配になって、私はその後も部屋の中をうろうろとうろついていた。

……雨に打たれて風邪を引くと、シリウスは心配するかもしれないけれど、明日は雨だとしてもシェアトに付いていこうと考えていたその時、離宮の入り口が騒がしくなった。

何事かしらと玄関まで走って行くと、血まみれの騎士が横たわっていた。

その騎士の特徴的な赤色と黄色の髪を見て、それが誰であるのかを一目で悟る。

「シェアト！」

昨日も、一昨日も、彼は大怪我をしていたけれど、それでも自分の足で立っていた。

けれど、今日は意識がない様子で床に倒れ込んでいる。

一体どうしたのかしら、と彼のもとに走り寄って行くと、驚いたことに彼を取り囲む騎士たちの全員が大きな怪我をしていた。

昨日まではかすり傷くらいしか負わなかった歴戦の騎士たちが、騎士服を破けさせ、鮮血を流している。

何が起こったのかしら、と心配になりながらも、一番怪我が深いシェアトに向かって回復魔法をかけようとしたその時。

「私にシェアトを治療させてください！　今は魔力が空っぽになっていますが、魔力回復薬を飲めば、回復魔法が使えるようになりますから!!」

その場に懇願するような声が響いた。

びっくりして声がした方を見ると、先日、街で買い物をしていた時に出会ったシェアトの幼馴染が、縋るような目でこちらを見ていた。

【SIDEシェアト】生き残ったオレにできる皆へのはなむけ

この世に生まれ落ちた時、オレの髪は黄色一色だった。

そのため、鮮やかな黄色い髪から、『ケーコクの黄髪』というあだ名を付けられた。

自然界において、黄色は黒色に続く警告色だったから。

家族に、村の人々に、――黄髪の持ち主は愚か過ぎて危険だから、近付くものではないとの警告を与えるために、オレは黄髪で生まれてきたのだ。

にもかかわらず、そのことに気付かなかったオレは、10歳になったその日、魔物が棲む森に踏み入った。

そして、同日の夜、オレが住んでいた村は魔物に襲われた。

一晩のうちに、父と母と兄と姉が殺され、家族は誰もいなくなった。同じ村の仲間たちも大勢死んだ。

だから、その夜、オレが引き起こしたことの愚かさを忘れないようにと、オレの髪の半分が皆の血で赤く染まった。

◇　◇　◇

「シェアト、戻ってこい！　一人で深追いするんじゃない!!」

仲間の騎士の声が聞こえる。

聞こえはするが、従おうとは思わなかった。

なぜならオレは、1頭でも多くの魔物を倒さなければならないから。

この世界から、魔物を殲滅しなければならないから。

そうして、魔物の返り血を浴びて、全ての髪が真っ赤に変化した時、オレの罪はやっと償われるのだ……

「シェアト!!」

酩酊状態のようになって魔物を追っていると、突然、がしりと腕を掴まれた。

振り返らなくとも声で分かる。同僚のミアプラキドスだ。

腕を抜こうと引いてみたが、がっちりと掴まれていて外せなかったため、勢いよく振り返ってミアプラキドスを睨み付ける。

「放せ！　魔物に逃げられる!!」

そんなオレに対し、ミアプラキドスは冷静な表情で落ち着いた声を出した。

「今日は十分な魔物を狩った。戻って、明日に備えるぞ」

「だから、オレは……！」

「オレたちには明日も、明後日もある。体調を整えて明日に備えるぞ」

全くもって正論だったため、唐突に頭が冷えたオレは体から力を抜くと、握っていた剣を鞘に納めた。

こんな風にオレを止めてくれる仲間がいなかったら、オレはとっくにくたばっていただろうなと思いながら。


今から22年前、オレはセト海岸から馬で1時間ほどの距離にあるザイオス村で生まれた。

両親と兄と姉に囲まれ、豊かな自然のもとで、これ以上はないほど充実した少年時代を送っていた。

そんな生活が一変したのは、オレが10歳になった日だ。

『誕生日には精霊が祝福を与えてくれる。だから、この日だけは、悪いことは一切起こらない』

それは、両親や近所の大人たちから、繰り返し聞かされた言葉だった。

その言葉自体が誕生日を迎える者への祝福の言葉であり、幸せな気分で1日を過ごせるようにとの思いやりだったのに、愚かなオレは言葉通りに捉えてしまった。

そして、前日の仕事で腰を痛めたと言っていた父親のために薬草を取ってこようと、魔物が棲む森に入って行った。

ヴラドの森は入り口近くに多くの薬草が生えていて、普段であればそれらの薬草を採取していたのに、『今日は誕生日だから、祝福を受けたオレは決して魔物に遭遇しない』との思い込みの下《もと》、普段は入らないような深い場所まで踏み込んでしまった。

そして、立派な薬草を採取して、得意気に家に戻ったのだ。

――その際、オレは魔物に姿を見られ、後を付けられたというのに、そのことに気付きもしないで。

気付いたのは、その日の夜に大勢の魔物から村ごと襲われ、父が、母が、兄が、姉が殺された後だった。

村が焼かれ、オレに優しくしてくれた村の仲間たちが、大勢死んだ後だった。

それからしばらくの間の記憶はない。

数か月も寝込んだ覚えはないから、それなりに生活をしていたはずだが、その期間の記憶は全て欠落しており、何一つ残っていないのだ。

恐らくオレは、まるで夢の中の住人でもあるかのように、夢現《ゆめうつつ》の状態で暮らしていたのだろう。

そんなオレが正気に戻ったのは、10歳の誕生日から半年が経った頃だった。

ある日、ふと自分が見知らぬ家で、見知らぬ人たちと暮らしていることに気が付いたのだ。

オレが一緒にいたのはザイオス村の悲劇から生き残ることができた者たちで、――ザイオス村から遠く離れた見知らぬ町で、彼らと家族として暮らしていたのだ。

他人から見たら、オレたちは祖父と祖母、孫息子と孫娘の関係に見えただろう。

ザイオス村のたった4人の生き残り。

その絆がオレたちを家族として結び付け、オレに新たな生活を与えてくれた。

じーさんとばーさんが亡くなると、2歳下の妹を1人で育てた。

体力には自信があったから、文字通り朝から晩まで働いた。

それでも、稼げる金はわずかだったため、14歳の時に一念発起して騎士になった。

妹は世話焼きの近所のおかみさんに預け、騎士として得られる給金を全部送った——しばらくすると、『多すぎる』とおかみさんから苦情が来るようになり、送金額は徐々に減らされていったが。

騎士になって最初に配属されたのは、魔物討伐を主業務とする第六騎士団だった。

その業務に就いた時、これがオレの天職だと、天命を受けたような気持ちになった。

——生まれた時、オレは黄色い髪をしていた。

そして、その髪の半分が、家族と仲間が殺された日に血色に染まった。

その日以降、どれほど髪を洗おうとも、短く刈り込もうとも、右半分の髪は赤色が定着したままだった。

それは、天が『オレの愚かさが家族と村の皆を殺したのだから、そのことを忘れずに覚えていいろ』と与えた罪の色であったのかもしれない。

あるいは、飛び散った家族の血を吸ったオレの髪が、家族の無念な気持ちごとその色を取り込んだのかもしれない。

いずれにせよ、オレの赤い髪には意味があり、そのため、残りの黄色い部分を魔物の血で染め上げたら、オレの罪は償われるのだと思った。

だから、……オレは1頭でも多くの魔物を倒さなければならない。

この世界から、魔物を殲滅しなければならない。

それが完遂した時にやっと、魔物の返り血を浴びて、オレの髪は真っ赤に変化するはずだから。

そう信じていたから。

しかし、オレのその夢は叶わなかった。

無茶な戦い方ばかりするオレは、魔物討伐には不適だと判断され、王族警護を主業務とする第一騎士団に転属させられたからだ。

◇　◇　◇

第一騎士団に配属されてすぐの頃、オレは王子殿下の警護業務のためセト離宮に同行した。

そこは、オレの生地であるザイオス村から馬で1時間の場所だった。

例の事件以降、初めて生地の近くに来たことで、緊張のあまり体調不良になったが、心配してくれる同僚にも本当のことは言えなかった。

オレはきっと、死ぬまで誰にもザイオス村出身であることを告げないだろう。

逃げていることは分かっていたが、10歳の時に体験した悲劇と向かい合う勇気はなかったのだ。

『魔物を殲滅すれば罪を贖《あがな》うことができる』と思い込んで行動していたが、それが事実でないことも、心のどこかでは分かっていた。

たとえ世界中から魔物がいなくなったとしても、父も、母も、兄も、姉も、オレに優しくしてくれた村の仲間たちの誰一人だって、生き返ることはないのだから。

――何をやったとしても、オレの罪が贖える日は来ない。


そう考える一方で、いつまでも己の罪から逃げ続けられないことも分かっていた。

必ず罪が追いかけてきて、全てが白日の下に晒される日がくると覚悟していた。

――だというのに、あの日。

新たに配属された近衛騎士団の業務で再びセト離宮を訪れ、ザイオス村時代を知る幼馴染に遭遇した時、オレはその場から逃げ出したのだ。

彼女は隣村に住んでいたリラという少女で、オレが本当の家族と幸せに過ごしていた頃を知る者だった。

心構えをしていたつもりだったが、実際には過去の罪と向き合う覚悟ができていなかったオレは脱兎のごとく逃げ出した――が、逃げ出した先に安堵はなく、深い後悔と自省の念だけが残った。

そして、路地裏で膝を抱えて震えている己の矮小さを、心底恥ずかしく思った。

折しもその日の夜、王から世界の不安定さについての話を聞かされる。

それは原始の大陸と精霊にまで遡る大きな話で――その際に王は、実行することが困難な難題を唯一の救いとして示した。

通常であれば、恐れおののくような話だったが、不思議なことに、その時突然、オレは答えを得たような気持ちになった。

もう逃げている場合ではないと、オレは人を救うために騎士になったのだと、すとんと答えが胸に落ちてきたのだ。

だから、ヴラドの森に入って、王が望む木の実を何としてでも取ってこようと思ったのに――現地で雇った聖女の中に、オレが避けていた幼馴染のリラがいた。

離宮訪問中に魔物討伐の実施は想定しておらず、同行者の中に聖女はいなかったため、現地の冒険者ギルドから複数人の聖女を派遣してもらったのだが、その中にリラが交じっていたのだ。

彼女のもの言いたげな視線を受けて、過去と向かい合うべき時が来たのだと、やっと覚悟を決める。

――今後、オレの身は人々を救うことに捧げよう。

だが、その前にオレは、オレの罪と向かい合い、受け入れなければならない。

己の愚かさが、家族を、村の仲間たちを死に追いやったことを認めたうえで、新たに歩き出すのだ。

次こそは、決して間違えない――……

オレは彼女を木の陰に誘うと、オレのしでかした事実と謝罪の言葉をリラに告げた。

彼女自身は隣村に住んでいたが、彼女の親戚や友人はザイオス村に住んでいたからだ。

親しい者たちを失う苦しみは嫌というほど理解していたため、罵られ、殴られることを覚悟していたが、彼女は責めることなく、涙を流してオレが無事であったことを喜んでくれた。

予想外の事の成り行きに茫然とするオレを、リラは涙の膜が張った目で見上げてきた。

「シェアト、あなたが無事でよかったわ」

心からの言葉が、オレに向けて発せられる。

その言葉を聞いた途端、オレの中の柔らかい部分がじわりと温かくなるのを感じた。

ああ……彼女はずっと、オレの身を案じていてくれたのだ。

オレのしでかしたことを――魔物を村に誘導したことを告げても、侮蔑の眼差しを向けることなく、オレが元気で生きていると、そのことを喜んでくれる。

オレの罪が消えることはないが、ここにいてもいいのだと認められたようで、オレは深く深く頭を下げた。

そして、様々な恩恵を受けてここにあるオレの命は、人々を救うことに捧げようと改めて誓った。

しばらくして感情が落ち着いた後、リラを伴って皆に合流しようとしたところで、彼女がぽつりと呟いた。

「この森の中に、あの時に村を襲った魔物がいるかもしれないわね」

――その通りだ。

遅まきながら、その事実に気が付いて戦慄する。

12年前のあの日、オレはこの森を訪れ、この森から村に魔物を連れて帰ったのだ。

そして、魔物たちは村の人々を殺した後、再び森に戻ったはずだ。

だとしたら、この森にはその時の魔物たちが残っているに違いない。

――ああ、ダメだ。無理だ。冷静になれるはずもない。

オレはこの森の全ての魔物を、殲滅せずにはいられないだろう。

この森の魔物を狩りつくしたからといって、家族が、村の仲間が戻ってくるわけでないことは分かっていたが、それでも報復のための追善合戦を行わずにはいられない。

暗い情念に取りつかれたオレは、執拗なまでにヴラドの森で出遭った魔物を倒した。

逃げる魔物をどこまでも追いかけ、一頭たりとも逃さないと切り刻む。

ミアプラキドスは第六騎士団にいた時と同じように、冷静になれとオレを諭したが、頭に血が上っていたオレに、彼の言葉を受け入れることはできなかった。

そんな日が数日繰り返された後のある日、リラが近付いてきて小さな声でオレに告げた。

「シェアト、実はこの森には、他の地にはいない魔物がいるの」

その表情はとても暗く、決意に満ちていて、ただ事ではないとオレに警告する。

「この森から馬で1時間ほど行った海岸に、ロドリゴネ大陸の欠片と呼ばれる巨石群があるの。ロドリゴネ大陸は太古の大陸で、あの地には今とは全く異なった生物や魔物が棲んでいたらしいわ。だから、あれらの巨石がこの地に飛んできた時、巨石には太古の魔物がくっついていて……それがこの地に降り立ったと言われているの」

「ロドリゴネ大陸の魔物……」

騎士ならば誰だって聞いたことがある単語だ。

凶悪で狂暴、さらに狡猾。そして、他の魔物とは全く異なる生態を持っているという。

しかし、彼らのほとんどは大陸の消滅とともに滅してしまったし、稀に生き延びたものがいたとしても個体数が少ないうえに、生息地を森林の奥深くに定めているため、人前に現れることは滅多にないはずだ。

だからこそ、伝説の魔物として、畏怖の念を込めて『ロドリゴネ大陸の魔物』と呼ばれているのだ。

嫌な予感に襲われながらリラを見ると、彼女は真っ青な顔で言葉を続けた。

「この森はあの巨石群から最も近い森にあたるから、この地に降り立ったロドリゴネ大陸の魔物は、このヴラドの森に移り棲んだと言われているわ。そして、その移り棲んだ魔物は……『輪紋魔獅子《りんもんまじし》』と呼ばれる、輪っか状の模様を持つ獅子型の魔物なの」

「輪紋魔獅子？」

それは聞いたことがない名前だった。

そのため、眉根を寄せて考えていると、リラが言葉を続けた。

「聞き覚えがなくて当然だわ。この名前は一般に用いられている名前ではなくて、冒険者ギルドで便宜上呼ばれている呼称にすぎないから。討伐数がほとんどないうえ、目撃情報も少ないことから、ギルドでも通常の『魔獅子』の変異種と認識されているくらいなの」

魔獅子は獅子型をした2メートルほどの魔物だ。

攻撃力は高いが、戦い方が単調なため、慣れていれば討伐することは難しくない。

「だから、誰もが『輪紋魔獅子』は『魔獅子』の変異種だと考えていて、『ロドリゴネ大陸の魔物』だとは思ってもいなかった。だけど、この間、王城から調査騎士団の方々がいらっしゃって、冒険者ギルド長に話をしていかれたの」

王国騎士団のうち、第十一調査騎士団は文字通り、魔物の調査研究を行っている。

そして、リラの伯父は冒険者ギルド長をしているので、騎士たちの接待役としてリラがその場に同席したらしい。

「もちろん、そこで聞いた内容は他言無用で、私には守秘義務が課せられたわ。だから、なかなかあなたに話す踏ん切りがつかなかったの。ずっと迷っていたけど……やっぱりあなたは知っておくべきだと思って」

　そう言うと、リラは伏せていた目を上げ、震える声を出した。

「この『輪紋魔獅子』は、他の『魔獅子』と異なり二足歩行するの」

『ロドリゴネ大陸の魔物』が確認されたとしたら、間違いなく守秘義務が課せられるような重要案件だ。

　リラはそのことを分かっていながら、破ってでもオレに話すべき内容だと考えたと言った。一体なぜ？

「二足歩行とは、獅子型の魔物にしちゃ高度なことだな。それで、人のように2本の足で歩くことが、『ロドリゴネ大陸の魔物』の特異性ってことか？」

　膨れ上がってくる嫌な予感を消し去りたくて、オレは敢えて軽い調子で返事をする。

　しかし、リラは真顔のまま言葉を続けた。

「いいえ、調査騎士団の方々の説明によると、この魔物の特異性は……生まれた時に影を持たないことらしいわ」

「影を持たない？」

　そんな生物がいるはずない。

「ええ、この世の理《ことわり》から外れているわね。だから、この世の理に戻るため、輪紋魔獅子は一番初めに殺した生物の影を乗っ取るという特性を持っているの」

どくり、と瞬時に心臓が跳ねる。

「輪紋魔獅子は二足歩行できることが誇りだから、四足歩行の生物の影を自分の影として取り込むことは決してないと言われたわ。だから、二足で歩く生物を初めに屠《ほふ》ろうとする性質があるらしいけど、集団で生活する二足歩行の生物と言ったら……人よね。この魔獅子は一定の周期で一斉に子どもを産むらしく、そのタイミングで子どもを連れて、一番近い村を襲うと説明されたわ」

「…………」

オレは返事をすることができなかった。

ひどい頭痛と吐き気がし、倒れそうなほどの気分の悪さだったからだ。

しかし、必死に奥歯を噛みしめると、リラの言葉に集中しようとする。

「だから……ザイオス村が襲われたことは、シェアトのせいではないの。12年前が輪紋魔獅子の出産期だった。そして、ヴラドの森からあの村が一番近かった、ただそれだけなの」

「は……っ！」

朝食を抜いてきて助かった。

そうでなければ、胃の中の物をぶちまけていただろうから。

しかし、だらだらと気持ちの悪い汗が全身を流れ出すのを止めることはできなかった。

どくどくどくと速まり出す鼓動がうるさい。

オレは服の心臓部分をぎゅっと握り締めると、必死に12年前の悲劇を思い出そうとした。

――オレは家族を、村人たちを殺した魔物を見たはずだ。

あれはどんな姿をしていた？

思い出せ。思い出すんだ。

自分を守るために、記憶の底に押さえつけてきた映像を必死に引っ張り出す。

……ああ、そうだ、直立していた……あの魔物たちはずっと直立したままだった……だから、ヴラドの森に直立する魔物はいないはずだから、オレの記憶が間違っているのだと決めつけ、これまで記憶の底に押し込めていたのだ。忘れたい記憶でもあったから。

「あああああ！」

オレは頭を下げると、両手で髪をかきむしる。

「何てことだ……オレの家族は、村の仲間は、『ロドリゴネ大陸の魔物』に襲われ、自分たちの影を盗まれたのか!!」

もちろん、全員ではないだろう。

魔獅子の数は村人の数より遥かに少なかったから、1頭の魔獅子が何人もの人間を手に掛けたはずだ。

加えて、影を盗むことができたのは、生まれたての子どもの魔獅子だけだったから、その数は限られていたはずだ。

だが、それでも、皆が魔獅子に屠られたことは間違いないし、影を盗まれた者は確実にいるのだ。

リラは黙ってオレを見ていたが、オレはどうしても知りたいことがあり、顔を上げて彼女を見つめる。

「影を奪われた者はどうなる？　死んでもなお、その魔物に囚われたままなのか!?」

リラは戸惑ったように瞬きをした後、震える声を出した。

「わ、分からないわ。……でも、親しい者が見たら、それが誰の影であるのかが分かると聞いたわ」

死んでしまった者は、もう何も感じないかもしれない。

だが、たとえ影だけだとしても、囚われているのならば解放してやらなければならない。

それが、生き残ったオレにできる、せめてものはなむけだろう。

「貴重な情報を感謝する」

騎士団はエリアごとに管轄が分かれている。

『ロドリゴネ大陸の魔物』が出たのであれば、騎士団に討伐要請がかかるだろうが、西方のこの地域ならば第十騎士団の管轄だ。

そもそも近衛騎士団所属のオレに声が掛かるはずもない。

決意を持って皆のもとに歩き出したオレの背中に、再びリラの声が響く。

「シェアト、調査騎士団の方がこのタイミングで来たのは……最近になって、輪紋魔獅子の目撃情報が冒険者の間から出始めたからよ！」

声を出すことは難しく感じたため、オレは片手を上げることで返事に代えた。

――基本的に、冒険者はよほどのことがない限り、森の深淵まで入り込むことはない。

にもかかわらず、『ロドリゴネ大陸の魔物』が目撃されたということは、奴らが縄張りを捨てて、深淵から出てきたことを意味している。

「ははっ、鴨が葱を背負《しょ》って来やがったか。どんな理由でねぐらから出てきたかしらねぇが、生きて棲み処に戻れると思うなよ」

オレはそう威勢のいい言葉を口にした――『ロドリゴネ大陸の魔物』の恐ろしさを知らなかったから。

――奇《く》しくも、リラから話を聞いたその日、オレは『輪紋魔獅子』に遭遇した。

オレより強いデネブ団長も、ミアプラキドスも、ミラクも揃っていた。

しかし、全員でかかっても、出現した数頭の魔獅子のうち、たった1頭を倒すのがやっとだった。

そして、逃げられた魔獅子のうち半数の腹が膨れていた。

奴らは再び、出産準備に入っていたのだ。

シェアトの決意

どうやらシェアトの幼馴染のリラは、戦闘に参加できる聖女だったらしい。

そして、騎士たちとともにヴラドの森探索に参加していたようだ。

そうであれば、シェアトや他の騎士たちと一緒に戦ったのだろうから、怪我をしたシェアトを自分の手で治したいという気持ちはよく分かる。

冷静になってもう一度シェアトを見ると、命にかかわるような怪我ではないことに遅まきながら気付いたため、リラに譲るべきだと考えて一歩下がる。

すると、後ろにいたシリウスからひょいっと抱き上げられた。

「いい判断だ。お前は一瞬で傷を治し過ぎるきらいがあるから、彼女に任せておけ。重傷ではあるが、今回に限っては、シェアトの傷を治してしまう必要はないからな。奴には寝台で横になり、考える時間が必要だ」

シリウスの言葉を聞いた私は、感心して彼を見つめる。

私は聖女として一刻も早くシェアトの怪我を治すことしか考えていなかったのに、シリウスは怪我以外のこともしっかり考えていたからだ。

ちらりと他の騎士たちに目をやると、リラ以外にも数人の聖女がいるらしく、彼女たちの手によって回復魔法をかけられていた。

精霊の姿も見えたため、私が出る幕ではないわねと考えて、私にもできることをしようとシリウスの腕の中から飛び降りる。

騎士たちは怪我をしたうえに雨に濡れてぐしょぐしょだったので、お風呂に入りたいだろうと思い、その準備を手伝うことにしたのだ。


怪我の治癒、お風呂、着替え、食事が終わった騎士たちは、一息ついた様子で思い思いの場所に座り、くつろいでいた。

それらの様子を目にして、ほっと胸を撫で下ろした私は、気持ちを切り替えると、ミアプラキドスを探すために部屋の中を見回す。

彼はソファの一つに座っていたので、おずおずと近付いていくと、声を掛ける前に私に気付いてくれた。

さらに、私の表情から何かを察したようで、ミアプラキドスはすぐに席を立つと、人気《ひとけ》のない場所に案内してくれる。

使われていない応接室の一つに入り、扉を閉めると、私は早速シェアトの怪我について質問した。

「シェアトはどうしてあんな怪我をしたの？」

ミアプラキドスは私の前にかがみこむと、丁寧に説明してくれた。

「ヴラドの森には『ロドリゴネ大陸の魔物』が生息しており、正にその魔物である『輪紋魔獅子』に本日遭遇しました。輪紋魔獅子は非常に強力な魔物で、デネブ団長を始めとした多くの騎士が怪我をしました。ただし、シェアトが瀕死の重傷を負ったのは、皆の制止を聞かずに、魔物に1人で突っ込んでいったからです」

ミアプラキドスの口から「ロドリゴネ大陸の魔物」という初めて聞く単語が飛び出てきたため、戸惑ってぱちぱちと瞬きをしたけれど、まずは知りたいことを聞こうとシェアトについて重ねて質問する。

「どうしてシェアトはそんな無茶をしたの？」

シェアトは一見、破天荒なように見えるけれど、実際は周りをよく観察し、冷静に現状を把握したうえで行動する騎士だ。

その彼が無茶をしたのならば、相応の理由があるはずだ。

ミアプラキドスは少し躊躇《ちゅうちょ》した後、「オレから聞いたことは、本人に言わないでください」と前置きしたうえで口を開いた。

「もう何年も前の話ですが、シェアトが一度だけ正体なく酔っぱらったことがあります。後から分かったのですが、その日は彼の村が魔物に襲われた日だったようで、そのために前後不覚になるまで飲んだのでしょう」

シェアトの秘密をこっそり聞いていることに申し訳なさを覚えながら、私はこくりと頷く。

「本人は覚えていないようですが、その時にシェアトは多くのことを告白しました。あいつは元々、黄色い髪だったのに、家族全員と村の仲間が大勢惨殺された日に、彼らの血で赤く染まったのだと。その血色が髪から落ちないのは、罪を償えていないからなのだと、シェアトは繰り返していました。あいつはまだ過去を清算できていない。だから、ずっと過去の不幸に囚われたままです」

ミアプラキドスの話を聞いて、シリウスがシェアトの生地はこの近くだと言っていたことを思い出す。

「もしかしたらシェアトの村を襲ったのは、ヴラドの森の魔物かもしれないわね」

なぜならこの近くに、他に森はないのだから。

魔物は森に棲むから、この近くにあったというシェアトの生地を襲った魔物は、ヴラドの森から現れたのではないだろうか。

ミアプラキドスも同じ結論を出していたようで、ゆっくりと頷いた。

「オレもそう思います。多分、あいつは家族と仲間の仇を打とうとしているのです」

事柄の是非が分からず、何も言えずに黙っていると、ミアプラキドスはまっすぐ私を見つめてきて、真剣な表情で言葉を続けた。

「そうであれば、オレはシェアトを止めようとは思いません。家族を、村の仲間を魔物に殺されたのであれば、敵を討つ以外のはなむけの方法を、オレは騎士として他に知りませんから」

ミアプラキドスの声は静かだったけれど、反論できる類のものではなかった。

ミアプラキドスもシェアトも、騎士としての誇りと信念のもとに行動しているのだ。

そんな騎士に対して、私が言えることは何もなかったので、黙ったまま頷くと、私はミアプラキドスとともに部屋を出た。


その後、リラがシェアトの治療が終わったと報告に来たので、私は彼女にお礼を言って、玄関まで見送った。

その際、リラがシェアトの話をしてくれた。

彼女は私がシェアトの護衛対象者だと知っていたため、シェアトのことを誤解してほしくなくて、話をしてくれたらしい。

リラが教えてくれたのは輪紋魔獅子の特性と、シェアトの家族や村の仲間たちが影を奪われたということだった。

「シェアトの家族とお友だちは、魔物に殺されただけでなく、その影をうばわれている……」

それはとっても悲しいことに思われた。

そのため、私はその残酷な事実を消化できないままにシェアトの部屋を訪れると、しょんぼりして彼を見つめる。

けれど、シェアトはそれ以上に申し訳なさそうな表情を浮かべると、怪我が残る体でベッドから起き上がった。

「セラフィーナ様、ご心配をおかけして申し訳ありません。それから、失態をおかしたことについても、重ねてお詫びします。ははっ、意識がなくなる状態までやられるようじゃ、オレもまだまだですね」

そんな気分じゃないだろうに、明るく笑ってみせるシェアトにやるせない気持ちになる。

「シェアト、リラに魔物のことを教えてもらったわ。あなたが生まれた村のことや、家族のこともよ」

ずばりと核心を突く話をすると、シェアトの表情が強張った。

彼は両手で顔を覆うと、聞いたことがないような弱々しい声を出す。

「姫君はオレの主ですからね。もちろん、何だって知っておくべきですが……12年もいじけて蹲《うずくま》っていたという情けない話なので、オレの子ども時代を知らない者には知られたくなかったな」

私は慌ててシェアトの側に近付くと、彼の腕に手を掛けた。

「シェアトはちっとも情けなくないわ！　シェアトはカッコいいし、りっぱよ!!」

シェアトはしばらく顔を覆ったままの体勢でいたけれど、覚悟を決めたように勢いよく両手を外した。

それから、顔を上げて私を見る。

「セラフィーナ様、やっぱりオレは情けないですよ。一回り以上も年下の主から慰めてもらっているんですから」

その表情はこれまで見たこともないほどしょげ返っていて、人によっては『情けない』と表現するようなものだったけれど、私はぶんぶんと首を横に振った。

「シェアトはカッコいいわ!!」

私の言葉を聞いたシェアトはへにょりと眉を下げると、無言のまま窓に顔を向けた。

「輪紋のある魔獅子の話を聞いたんですよね。オレも今日初めてその話を聞いて……そして、実際にそれらの魔獅子に遭遇したんです。信じられますか? 本当に二足歩行をしていて……人の影が付いていた」

シェアトは降り続いている雨を見ながら話を続ける。

「雨が降り続いていて、雲が出ているから、今夜は月の光も差しませんね。こんな夜は影もできないから、影を盗られた仲間たちは、ひと時なりとも解放されて、自由になれているのでしょうか?」

シェアトはまるで泣き出す直前のような表情を浮かべると、口を噤《つぐ》み、真っ暗な外を見上げた。

彼は派手な顔立ちをしているのだけれど、弱々しい表情を浮かべられると、今にも壊れそうなほど脆く見える。

そのため、何とかして彼を元気付けなければいけない、と思いながら言葉を掛けた。

「シェアトのけがはひどかったから、リラも全てを治療することはできなかったと言っていたの。だから、2、3日はベッドの中にいなきゃいけないわ。その間に、ゆっくりとやりたいことを考えてみるといいんじゃないかしら？」

改めてシェアトに目をやると、彼の上半身はシャツを羽織っているだけで、ボタンを留めることなく開きっぱなしになっている。

そして、そのシャツの下からは、胸部や腹部に巻かれているたくさんの包帯が覗いていた。

それらを目にしながら、シェアトには悪いけど、リラはとても上手に怪我を残したのね、と彼女の手腕に感心する。

私だったらきっと、全ての怪我を治してしまい、元気になったシェアトはすぐに剣を取って、ヴラドの森に向かっただろう。そして、再び、酷い怪我をしたに違いない。

普段にないシェアトの様子からも、彼には立ち止まって考える時間が必要なはずだ。

シリウスが言っていたように、全ての怪我を治癒することが必ずしも正解ではないのだ。

そう考えながら彼の怪我を見つめていると、シェアトは胸元に巻かれた包帯の上に手を当て、ぐっと奥歯を噛みしめた。

「2日も3日も寝ている必要はありません！　これくらいの怪我であれば、明日には魔物討伐に行けますから!!」

「ええっ、な、何を言っているの？　シェアトはひどいけがをしたし、まだまだたくさんのけががのこっているから、戦えるはずないわ！」

何てことかしら。私の目にはいい塩梅《あんばい》で治癒されているように見えたけど、シェアトをベッドに縛り付けるためには、もっと多くの怪我を残さなければいけなかったのかしら。

目を白黒させせながらシェアトを見つめていると、彼は拳を握り締めて決意した表情を浮かべた。

「オレに考えるための時間は不要です。どうしたいかは既に決まっていますから」

「えっ、そうなのね！　だったら、……シェアトはどうしたいの？」

恐る恐る尋ねると、彼は私をまっすぐ見つめてきた。

「オレはオレの村を滅ぼした魔獅子を、全てこの手で倒したい!!」

目の前に魔物がいたら、今すぐにでも射殺さんばかりの激しさで、シェアトはそう口にした。

「えっ、い、いや、でも……」

今日倒した魔獅子は1頭だけだと聞いている。

それなのに、シェアトはこれほどの大怪我をしたのだ。

輪紋魔獅子が全部で何頭いるのか分からないけど、彼が1人で全てを倒すのは無茶じゃないだろうか。

そうは思ったものの、シェアトがどんな気持ちで口にしたかが分かるような気がして、否定することもできない。

そのため、黙ったまま見返していると、シェアトは唇を歪めた。

「そんな顔をしないでください。オレだって自分の実力は分かっています」

彼は両手で目元を覆うと、普段よりも低い声を出した。

「ああ、オレは今すぐ強くなりたいです！　そして、あの魔獅子をこの手で倒したいんです！　シリウス副総長なら、全ての魔獅子を殲滅できるでしょうが……オレは自分の手で敵を討ちたいんです。だが、これはオレの我が儘です。オレがあの魔獅子を倒せるようになるまでは何年もかかるし、その間、影を盗られた者たちは苦しむだけですから。1日でも早く解放してやることが彼らのためなのです。それに……新たな被害を出さないために、急ぐべき理由も見つかりました」

シェアトの中には色々な感情が入り混じっていて、苦悩しているように思われたため、彼が受け入れやすい提案をしてみる。

「ええと、だったら、シリウスといっしょに戦うことにして、彼に魔物の力をそいでもらうのはどうかしら？　そして、とどめはシェアトがさすの！」

私の言葉を聞いたシェアトは、くしゃりと顔を歪めた。

「理想的な話ですが、あの魔物の皮は硬い。止めを刺すのも簡単にはいきません。シリウス副総長は簡単に一振りで魔物の首を落としますが、普通の騎士ではああはいかないんです」

「えっ、そ、そうなのね」

知らなかったわ、そんなにシリウスと他の騎士の間には開きがあるのね、と驚きながら眉を下げる。

でも、だったら、どうすればいいのかしら？

シェアトは片手を上げて髪を掴むと、苦悩するような声を出した。

「そもそも魔物討伐は近衛騎士団の業務ではありませんし、オレたちは探し物のために森に入って、たまたま魔獅子に遭遇しただけです。こんな怪我をしたことですし、副総長は明日以降の森探索を中止にするはずです。だから……」

あ、まずいわ。

シェアトが『近衛騎士団を抜ける』と、下手をすると『騎士団を辞める』と言い出しそうだ。

何とかして止めなければと、慌てて口を開こうとしたところ、それよりも早く聞き慣れた声が響いた。

「お前の推測は当たっている。明日以降のヴラドの森探索は中止する」

はっとして振り返ると、入り口の扉に寄りかかるようにしてシリウスが立っていた。

◇　◇　◇

「えっ、シ、シリウス……」

シリウスの言葉を撤回させたくて、あわあわと名前を呼びながら、彼に近付いていく。

するとシリウスは私を安心させるように頭をひと撫でした後、再びシェアトに顔を向けた。

「シェアト、お前が命を捨てるような勢いで魔物に飛び込んでいったと聞いたが、その怪我を見る限り事実らしいな。多くの血を流したことで、頭に上っていた血は下がったか？」

シリウスの言葉を聞いたシェアトは、恥じらうような表情を浮かべた。

それから、ベッドの上で居住まいを正すと頭を下げる。

「副総長、ご迷惑をお掛けして申し訳ありませんでした！　オレのせいで、皆が怪我をしたことも申し訳ないと思っています！　ですが、オレは……」

続けようとしたシェアトの言葉を遮って、シリウスが口を開いた。

「先ほど、第十一調査騎士団が訪ねてきて報告を受けた。その際、お前たちが持ち帰った死骸を確認させたが、ヴラドの森で遭遇した魔物が『ロドリゴネ大陸の魔物』であることが特定された」

はっとして目を見張るシェアトに対し、シリウスは説明を続ける。

「元々、輪紋魔獅子は別地域で確認され、生態調査までほぼ終了していた魔物だ。最近になって、冒険者ギルドから報告が上がり、同じ魔物がヴラドの森にもいるのではないかということで、調査騎士団が調査をしている最中だった」

シリウスは一旦言葉を止めると、シェアトが理解できているかどうかを確認するため彼をちらりと見た。

それから、大丈夫そうだと判断した様子で言葉を続ける。

「そして、悪い知らせだ。調査騎士団の報告によると、輪紋魔獅子の出産周期が狂ったとのことだ。

前回の出産から12年しか経過していないにもかかわらず、あの一族は出産期に入ったのだからな。そのため、二足歩行の生物を求めて、全頭揃って森の奥から出てきている。……恐らく、この地にある宮殿の主が引きこもっていることが、影響しているのだろう」

ぎりりと音が響くほどにシェアトが奥歯を噛みしめたけれど、シリウスは考えるかのように腕を組んだだけだった。

「デネブからも、遭遇した魔獅子たちの腹が膨れていたと報告を受けているから、間違いないだろう。このままでは、再び近隣の村が襲われる恐れがある。そのため、もはや一刻の猶予もない」

シリウスがそう言い終えた瞬間、シェアトは弾かれたように顔を上げると、叫ぶような大声を上げた。

「シリウス副総長！　各団から選りすぐりの騎士を集めていただいたため、近衛騎士団はどの団よりも戦力があります!!　どうか、オレたちに輪紋魔獅子討伐の任を与えてください!!」

シリウスは真意を確認するかのようにシェアトを見やる。

「調査騎士団の報告によると、ザイオス村が襲われた当時の状況も含めて判断した結果、輪紋魔獅子の総数は30頭前後だろうとのことだった。相当な数だ。これらの『ロドリゴネ大陸の魔物』を、ここにいる騎士だけで倒せると思っているのか？」

シェアトはぎゅっと眉根を寄せると、シリウスを鋭く見つめたけれど、質問に対する答えを口にすることはなかった。

なぜなら実際に今日、シェアトはその魔獅子と戦ったので、どれほど強いかを身をもって体験したはずだから。

そして、シェアトの表情から判断するに、30頭という数は彼の想定を大きく上回る数字だったのだろう。

その結果、簡単に「応」と答えられないことを理解したシェアトは、質問に答える代わりに、彼の過去について語り始めた。

「副総長、オレは12年前に輪紋魔獅子に滅ぼされたザイオス村の生き残りです！　オレの家族も、仲間もあの魔物に殺されました！　それだけでなく、魔物に影を奪われて、囚われたままの者までいます!!」

シリウスは口を差し挟むことなく、黙ってシェアトの話を聞いている。

「今日、1頭の魔獅子を倒しました。そうしたら、魔物に付いていた影が体から離れて、空に昇っていったんです。その時、影が人差し指だけを曲げて両手を合わせました。あれは、ザイオス村に伝わる祈りの仕草です。あの影はオレにいつもパンを焼いてくれた近所のおかみさんだと思います」

シェアトは必死な様子で言葉を続けた。

「見たいように見えただけかもしれないが、オレにはおかみさんの影が嬉しそうに天に昇って行ったように見えました！　オレの家族であろうと、村の仲間であろうと、全く知らない他人だとしても、全ての囚われた者をこの手で解放してやりたいのです!!」

シリウスは組んでいた手を下ろし、ベッドまでまっすぐ歩いていくと足を止め、真上からシェアトを見下ろす。

対するシェアトも、決意を込めた目でシリウスを見上げると、震える両手で拳を握った。

「感情論だということは分かっています！　オレにとって騎士たちは大事な仲間で、無闇に傷付いてほしい者は1人もいません！　ですので、シリウス副総長が冷静に戦力を見極められた結果、戦力不足だと判断されたのならば、オレは従います」

しばらくの沈黙の後、シリウスは唇の端を吊り上げた。

「いい表情だ。では、殲滅戦といこうか」

「はいっ？」

シリウスの言葉が想定外だったのだろう。

シェアトは緊張のあまり、聞いたこともないような高い声を上げた。

それから、シリウスの言葉の意味を理解しようと、ぱちぱちと何度も瞬きを繰り返す。

そんなシェアトの肩に、シリウスは片手を置いた。

「感情は大事なものだ。それはお前を形作っているし、力になる。オレや騎士たちはできるだけ魔物の戦力を削ぐことに専念しよう。その後は、お前が間違いなく止めを刺せ」

「はっ、はい？　い、いいんですか!?　30頭もいるし、副総長は先ほど、明日以降のヴラドの森探索は中止すると言われていたので、既に今後の方針を決定されていたのでは……」

目を白黒させながら、必死に考えを整理している様子のシェアトに、シリウスはのんびりとした声を返した。

「ああ、その通りだな。これから行うのは『ロドリゴネ大陸の魔物の殲滅戦』であって、『森探索』ではないからな」

ぽかんと口を開けているシェアトに向かって、シリウスはにやりと笑う。

それから、廊下に向かって大きな声で一言付け足した。

「それでいいな!?」

「「「承知いたしました!!」」」

間髪をいれずに、多くの声が廊下から響く。

びっくりして振り向くと、開きっぱなしになっていた扉から大勢の騎士たちが見えた。

いつの間にか、騎士たちの全員が廊下に集合していたようだ。

誰もがシリウスの指示に納得している様子の中、1人だけ理解できていない様子のシェアトが動揺した声を上げる。

「し、しかし、シリウス副総長！　オレが止めを刺すというのはあまりにも……」

「お前は気付いていないかもしれないが、オレはセラフィーナに甘いのだ。オレの姫君が望んだ戦法だ。従わないわけにはいくまい」

そう言われて初めて、シリウスが行った提案は、つい先ほど私が口にした提案と同じものであることに、シェアトは気付いたようだ。

「…………副総長が、姫君に甘いのは存じ上げております」

シェアトはくしゃりと顔を歪めると、一言だけそう口にした。

それは、シェアトがシリウスの提案を受け入れた合図だった。

ふっと小さく微笑むシリウスの前で、シェアトはベッドの上に両手をつくと、深く頭を下げる。

「シリウス副総長、セラフィーナ様、ありがとうございます！　皆も感謝する!!」

シェアトの真摯な態度に誰もが胸を打たれ、言葉を失った……かと思ったけれど、全然そんなことはなくて、騎士たちはどかどかと廊下からなだれ込んでくると、乱暴な声を掛けながら、シェアトを小突き回していた。

「ははっ、よかったな、シェアト！」

「だが、『戦力不足だと判断されたのならば』ってセリフは余計だったな！　オレらはそんなに弱かねぇよ!!」

「さっさと怪我を治せよ！」

とミアプラキドスが声を掛けたところで、シリウスが「ああ」と思い出したように呟く。

シリウスのそんな小さな仕草ですら、騎士たちには大きな影響を与えるようで、全員が動きを止めると彼に注目した。

そんな中、シリウスは胸ポケットから小さな瓶を取り出すと、シェアトに投げて渡す。

「眠る前に飲んでおけ。そうすれば、明日の朝には全ての傷は治っているだろう」

「えっ？」

「殲滅戦は明日だ！　各自、体調を整えておけ!!」

そう言うと、シリウスは私を抱き上げて部屋を出て行った。

一瞬の静寂の後、部屋の中から雄叫びのような歓喜の声が響く。

それらの声を背中に聞きながら、シリウスがおかしそうに笑った。

「ははは、どうやら誰もが、今すぐにでも『ロドリゴネ大陸の魔物』を倒したい気分だったようだな。勇ましいことだ」

そう口にするシリウスの声がものすごく誇らし気だったので、彼はやっぱり騎士が好きなのだわ、と私も嬉しくなって彼の首にかじりつく。

すると、シリウスは私に顔を向けた。

「セラフィーナ、シェアトに寄り添ってくれて感謝する。お前はいい主だ。そのうえ、酷い傷を即座に治す回復薬を作れる素晴らしい聖女だなんて、できすぎだな」

シリウスがシェアトに渡した回復薬は、私が作ったとっておきのものだった。

あの薬ならば、体中に残っていた古傷までぴかぴかに治るだろう。

「うふふふ、シリウスはとってもりっぱだから、シリウスの聖女である私はできすぎくらいでちょーどいいのよ！」

シリウスはいい気分になっていて、リップサービスで私を褒めていることは分かっていたけれど、褒められることは嬉しかったので、同じようにシリウスを褒め返す。

すると、シリウスは機嫌がよさそうな笑い声を上げた。

「はははは、お前の言う通りだな！」

「ええ、そうよ！」

――――そんな風に、和やかな様子のまま、殲滅戦前夜は更けていったのだった。

【挿話】出発準備（え？　姫君同行!?）

翌朝早く、皆が出立の準備をしていると、普段であればまだ眠っているはずのセラフィーナが広間に現れた。

可愛らしい緑のドレスを着ていたので、騎士たちは皆、彼女が自分たちを見送ってくれるために着飾ってきたのかと思ったが……

「セラフィーナ、早いな。そして、可愛らしいドレスだな。お前に似合っているが、……これほど早く起きたということは、討伐に同行するのか？」

シリウスの質問に対し、セラフィーナは元気よく答える。

「ええ！」

「「「えええええ!?」」」

彼女の声に続いて、騎士たちの驚愕した声が揃ったのは仕方がないことだろう。

なぜなら誰もが、今日は『ロドリゴネ大陸の魔物』を倒すだけで精いっぱいで、同時にセラフィーナの護衛業務を行う余裕はないと思っていたからだ。

しかし、騎士たちが近衛騎士団の騎士である以上、いついかなる時でもセラフィーナの護衛を優先させなければいけないのは当然のことだ。

しかも、本日の魔物討伐は本来の主業務を外れて、シェアトの希望を汲む形でシリウスがお膳立てしてくれたことを、騎士の誰もが理解し感謝していた。

そのため、そのシリウスが明らかに慈しんでいるセラフィーナが望み、シリウス本人が了承したのであれば、それに従うことが彼らの役目だと誰もが心の中で考えた。

――ということに至るまで、セラフィーナが聖女の力をはっきりと示したことがなかったがために、彼女が聖女として同行することを理解していない騎士たちによる誤解だったのだが、それを正す者はこの場にいなかった。

騎士たちは奇声を発したものの、その後は鉄の意志でもって表情を押し隠したので、彼らが誤解していることにセラフィーナが気付かなかったからだ。

一方、シリウスは気付いたものの、既にセラフィーナが聖女であることは説明していたため、騎士たちの反応を訝しく思った。

これまでにおいて、シリウスは基本的にくどくどと騎士たちに説明したことはなかった。

それが何事であれ、簡潔明瞭に説明してきており、その手法で意思疎通に支障をきたしたことはなかったのだ。

しかしながら、騎士たちの反応が気になったシリウスは、念のためにと口を開く。

「セラフィーナは聖女として同行する。本日の他の聖女たちの予定はどうなっている。昨日と同じ者を手配しているのか?」

シリウスの質問に対し、デネブ近衛騎士団長が返答した。

「はい、その通りです!　昨日、本日の討伐計画を伺ってすぐに冒険者ギルドに向かい、ギルド長と相談しましたが、現在派遣いただいている5名以上に優れた聖女はいないとの返答でした。連日の参加になるため、パフォーマンスの低下は免れないでしょうが、これが最善の配置です」

「そうか。本日参加する騎士は、オレの護衛まで含めて24名だな。通常は騎士5名に対して聖女1名を配置するから、数的には揃っている。今日はセラフィーナも同行するし、問題ないだろう」

デネブ団長は心の中で、『セラフィーナ様を聖女としてカウントできるものなのか?』と訝しんだが、賢明にも表情に出すことはなかった。

「シリウス、ほかの聖女の方は毎日戦っているから、ふだんどおりの力が出せないかもしれないのよね?　だったら、私が作った回復薬をもっていきましょうか?」

「それはいい考えだな」

「元気が出るよーに、はちみつ入りの薬をとくべつに作ったの!」

セラフィーナの言葉を聞いた騎士たちは心の中で呟く。

(あれか、カノープスに作っていた薬か)

(セラフィーナ様は何にでも蜂蜜を入れる傾向があるな。元気になってほしいとの気持ちはありが

たいが、異なった材料を混ぜた時点で、その薬は正しい効能を示さなくなることをご存じないのかな）

（しかし、王女殿下でありながら、オレたちのために自ら回復薬（のような栄養剤）を作ってくれるなんてお優しいよな）

それから、騎士たちは誰からともなくセラフィーナの手に視線をやった。

回復薬を作ったと自ら述べたことからも、そして、シリウスがセラフィーナは聖女だと断言したことからも、この小さな王女は実際に聖女なのだろうかと、遅まきながら確認したい気持ちになったからだ。

――誰もが知っている常識として、聖女は精霊と契約を交わすものであり、その場合には必ず手の甲に契約紋が刻まれる、というものがあった。

そして、刻まれた契約紋の色により、契約相手の精霊の強さをある程度は測ることができた。

そのため、騎士たちはちらりと視線をやり……セラフィーナの左右どちらの手の甲にも契約紋がないことを確認すると、『だろうな』と心の中で納得した。

彼らの常識では、精霊は成人した者としか契約を結ばなかったからだ。

対して、目の前の王女殿下はわずか6歳だ。

（シリウス副総長は『回復魔法を使える者』を指して、『聖女』と表現したのかもしれないが、そうであれば、セラフィーナ様はすぐに魔力切れを起こしてしまうだろうな）

（いずれにしても……これほど幼い王女が、『ロドリゴネ大陸の魔物』が出る森に同行しようというのはすごい勇気だ）

（このような勇敢な王女であれば、将来的に、セラフィーナ様は素晴らしい聖女になるに違いない）

と、騎士たちは未来に期待を抱いたのだった。

「セラフィーナ、そのドレスでは歩きにくいだろう」

そう言うと、シリウスはひょいっと私を抱え上げた。

「えっ、シリウスはこれからいっぱい戦わないといけないから、ここで体力を使うべきじゃないわ！　私は元気だからだいじょーぶよ」

そう言ってばたばたと足をばたつかせたけれど、シリウスはおかしそうに笑い声を上げただけだった。

「ははは、お前1人を抱えて運んだくらいで疲労するとしたら、オレは騎士として己を恥じるべきだな」

シリウスに私を下ろす気が見られなかったので、だったらこれ以上余計な体力を使わせてはいけない、と暴れるのを止める。

それから、オリーゴーが『精霊の祝福を受けているから、様々な幸運を引き寄せる』と言っていたドレスを着てきたものの、確かに森の中を歩くには不適だったと反省した。

しょんぼりしていると、シリウスが悪戯っぽい表情を浮かべる。

「どうした、いつになく早起きをしたから眠いんじゃないのか？　件《くだん》の魔物が出たら起こしてやるから、それまで寝ておけ」

まあ、シリウスったら、私を何だと思っているのかしら。

いくら何でも、魔物がうろうろする森の中で、ぐーぐーと眠ったりはしないわよ。

そう不満に思っていると、シリウスが私を抱いている手にぐっと力を込めた。

「お前が付いてきてくれただけでも、オレにとっては感謝すべき事柄だ」

どういうことかしら、と見つめ返すと、シリウスは困ったように眉を下げる。

「王と約束したのは、『お前が聖女としての訓練を積み、戦場に出ても問題ないと判断できた場合』に初めて、お前を戦場に出すということだ。そのため、本日、お前を連れ出すことは約束違反に思われるが……お前のことは絶対に守るから、怖くなったら後ろに控えているんだぞ」

まあ、シリウスったら、そんなことを気にしていたのね。

「シリウスからじゃまだと思われないかぎり、私がかくれることはないわ！」

「ふむ、だとしたら、お前はずっと戦い続けることになるな。魔力回復薬が必要になったら、早めに飲むんだぞ。今日一日で、全ての輪紋魔獅子を倒せるはずもない。ある程度のところで引き揚げるつもりだが、それでも魔力が途中で枯渇するだろうから……」

シリウスが途中で言い差したのは、以前、一緒に戦った時のことを思い浮かべているからだろう。

あの時は、多くの騎士たちが戦う中、唯一の聖女として参加したけれど、最後まで私の魔力が切れることはなかったからだ。

とはいっても、あの時は、騎士たちがちっとも怪我をしなかったから、魔力がもっただけのような気もするけど。

と、そう考えていると、茂みの奥から鹿型の魔物が飛び出してきた。

シリウスは素早く私を自分の足元に下ろすと、「二度と魔物に攫われないよう、オレの近くにいるんだ」と言い付ける。

先日、離れた場所からシリウスの戦闘を見学していた際に、私がグリフォンに攫われてしまったことを仄めかしているのだろう。

本日の戦闘では、私を含めた聖女全員が、「輪紋魔獅子以外との戦闘ではサポートの必要はない」と事前に言われていたので、騎士たちの戦いを見学することにする。

指示を聞いた時は、聖女の魔力を完璧に温存しなければいけないほど、魔獅子は強いのだろうかと心配になったけれど、現れた5頭もの鹿型の魔物を怪我することなく倒した騎士たちの腕前を見て、発言の意図を誤解していたことに気付く。

あ、違うわね。騎士たちが強過ぎるから、聖女の力を借りる必要がないんだわ。

初めて近衛騎士団の騎士たちが戦う姿を見たけれど、全員がものすごく強かったのだから。

私はびっくりして目を丸くすると、この感動を伝えたいと、騎士たちを称賛する言葉を紡ぎ出す。

「すごいわ！　おとー様が『近衛騎士団の一番の仕事は、顔が整っていることだ』と言っていたけど、みんな、ものすごく強かったのね！」

シリウスに紹介された時に、強いだろうなと感じたけれど、おとー様から強さより顔だと発言されたため、よく分からなくなっていたのだ。

けれど、実際に戦う姿を目にしたことで、やっぱり私の騎士たちは強かったのだわと実感でき、誇らしい気持ちが沸き起こる。

感動する気持ちのまま、誉め言葉のつもりでそう発言したというのに、なぜだか騎士たちは顔をしかめた。

それから、皆を代表する形でデネブ団長が「陛下からお言葉をいただけるとは光栄です」と返してくれたけれど、喜んでいるようには見えなかった。

うーん、近衛騎士団の皆はびっくりするほど強い！　という気持ちを伝えたかったのに、『ものすごく強いのね』と言っても伝わらないならば、どうすればいいのかしら。

◇　◇　◇

その後も何度か魔物と遭遇したけれど、騎士たちは難なく倒していて、本当に強かったため、シリウスはとんでもない人員を集めていたのねと、私は改めてびっくりしたのだった。

「シリウス、この木は特別なの？」

森に入った時からずっと、同じ種類の木を目指しながら移動しているように思われたため、疑問に思って尋ねると、シリウスから「よく気付いたな」と褒められた。

「これはシラの木といって、独特の匂いを発している。そして、例の魔獅子はこの匂いがたまらなく好きらしい。連中は集団で森の出口を目指しているが、この木を辿りながら移動している。そのため、オレたちも逆方向から同じ木を辿って行けば、どこかで遭遇するというわけだ」

「そうなのね」

相槌を打ちながらさり気なくシェアトに視線をやると、彼は強張った表情をしていた。

そのため、気になってシリウスに小声で問いかける。

「シリウス、シェアトがずっと緊張しているように見えるけど、だいじょーぶかしら？」

「ああ、戦いの最中も、余分な力が入っていたな。だが、これぱっかりはどうしようもない。奴はずっと抱え続けてきた重荷を、清算しようとしているのだからな。セラフィーナ、戦闘中に周りを見回す余裕があれば、シェアトを気に掛けてやってくれ。恐らく、最も無茶をして、最も危険に身を晒すのが奴だろうからな」

「分かったわ！」

と勇ましく答えたものの、果たして私にそんな余裕があるのかしらと疑問に思う。

信頼してもらえるのは嬉しいのだけど、と思いながらシリウスを見上げると、そんな彼こそが緊張しているように見えたため、びっくりして質問する。

「シリウス、どうかしたの？」

「……まだ距離があるが、恐らく、前方に件の魔物群がいるようだ。別の魔物だとしても、非常に強い御一行様だな」

「えっ!?」

魔力を持つ索敵担当の騎士が気付いていない様子なのに、いち早く魔物の気配に気付いたシリウスにびっくりする。

私が驚いている間に、シリウスの声を拾ったデネブ団長が、大声で皆に警戒を呼び掛けた。

騎士たちが索敵の陣形から、戦闘用の陣形に配置を整える姿を見て、これまで遭遇した魔物とは警戒レベルが異なることに緊張を覚える。

どきどきと速まる心臓の鼓動をうるさく感じていると、周りの聖女たちが精霊を呼び出し始めた。

そのため、私もセブンを呼ばなければ、とシリウスの腕の中から降りようとすると、シリウスが体を屈めて地面に下ろしてくれる。

「セラフィーナ、戦闘が開始してから3分間は手を出すな」

「えっ!?」

戦闘における3分というのは長い時間だ。

それなのに、3分もの間、黙って見ていた方がいいということだろうか。何のために？

私の疑問は顔に出ていたようで、シリウスが答えてくれる。

「今後のために、騎士たちは魔物の強さを体験して理解すべきだ。初っ端からお前が参加すれば、彼らは魔物の強さも、自分の強さも、ともに測り損ねるだろう」

「た、たしかにその通りだわ！」

頷きながら肯定すると、シリウスはにやりと笑って剣を抜き、正面に向かって構えた。

……シリウスの言う通りだ。

他の聖女たちであれば、状況に応じて魔法をかけるのだろうけれど、戦闘経験の少ない私はつい出合い頭に多くの魔法をかけてしまい、最初っから騎士たちの能力を底上げしてしまうのだ。

以前、『同じ魔法をかけたとしても、聖女によって効果が異なる』とセブンが言っていたので、魔法をかける聖女が異なることで、騎士たちの強さも変わるはずだ。

そうであれば、一旦、聖女の助力がない状態で、魔物の強さと自分の強さを把握しておくことは大事なことだろう。

「当たり前だけど、私は戦いのことをまったく分かっていないのね！　教えられることばかりだわ」

そう反省しながら顔を上げると、目の前にカノープスが立っていた。

驚きながら後ろを向くと、私に背を向ける形でミラクもいる。

まあ、２人は私を守ってくれるつもりなのだわ。

これから大事な戦闘が始まるというのに、貴重な戦力を2人も割いてしまうなんて申し訳ないわね。

そう考えながら周りを見回すと、他の聖女たちは既に騎士たちの後方に下がっていた。

「ごめんなさい、すぐに後ろに下がるわ！　そうしたら私は安全だから、2人は魔物とうばつにせんねんしてちょーだい！」

私は慌てて他の聖女たちがいる場所まで走って行ったけれど、どういうわけかカノープスとミラクも付いてきた。

し、失敗したわ！　一度、危なっかしいと認識されてしまったので、もうこの2人は私から離れないかもしれない。

そう心配した瞬間、その場に鋭い声が響いた。

「出たぞ!!」

はっとして正面を見ると、5頭の魔獅子が現れたところだった。

図鑑で見た姿と違い、太い2本の足で直立している。

そして、それらの魔物が近付いてくるにつれて、魔物の体に刻まれている輪っか状の模様が目に入った。

通常の魔獅子とは明らかに異なる『ロドリゴネ大陸の魔物』の異相に、ぞくりと背筋に冷たいものが走る。

実際に目にした輪紋魔獅子は、1頭1頭が強い存在感を放つ凶悪な魔物だった。

大柄な騎士たちよりもさらに頭一つ分大きく、牙と爪と尻尾の先に針を持っている。

にもかかわらず、地面に落ちた彼らの影は、明らかに魔物本体と形状が異なっており、全て人型をしていた。

……ああ、本当に人々が影として囚われているのだわ！

この光景を目にしたシェアトが、ミラクが、ミアプラキドスが、この魔物を殲滅して、囚われた人々を解放してあげたいと強く望むのは当然のことだろう。

「はっ、全ての魔獅子が人の影を背負ってやがる！　よくもまあこれほど毎回、毎回、人々を襲って、影を奪ってきたものだな！　ここら辺で、人は恐ろしい生き物だと、教えてやらなければダメだろうな!!」

シェアトは高揚した口調でそう宣言すると、剣を構えて1頭の魔獅子に突っ込んでいった。

緊張しているのか、動きが少し硬いように見える。

そのせいか、シェアトは魔獅子に向かって素早く剣を横に薙ぎ払ったけれど、するりと避けられてしまった。

彼はさらに踏み込むと、2刀目、3刀目と繰り出していったけれど、それらも全て避けられる。

これまで遭遇した魔物については、明らかに騎士たちの戦力が勝っていたのに、魔獅子に関しては立場が逆転しているように見えた。

それでも、シェアトは諦めることなく、さらに何刀かを繰り出したことで、彼の剣はようやっと魔物の体を捉えたけれど、その剣は深く刺さることなく、魔物からわずかな血を吸い出しただけだった。

「なんてことかしら。魔獅子はものすごくかたいのだわ！」

腕が太く、腕力があるはずのシェアトの剣が通らないなんて！

シェアトが切りかかったのを合図に、騎士たちの多くが飛び出していき、魔獅子と対峙していたけれど、これまでは即座に決着がついていた戦闘が、普段とは異なる様相を見せ始める。

誰の剣も、致命傷を与えるほど深くは入らないのだ。

私はぎゅっと両手を握り締めながら、必死に数を数えた。
23、24、25……
敵に刃が届かない状況が続く戦場にあって、唯一の例外がシリウスだった。

驚くべきことに、彼が繰り出す剣だけは、魔獅子に深く刺さるのだ。

シリウスの所持する剣は、他の者の剣とは全く異なる材質でできているかのように、魔獅子の体に食い込み、鮮血を吸い出す。

彼の周りに散らばる騎士たちも同じように踏み込み、剣を払っても、相手の体に浅くしか切り込めないというのに。

騎士たちは焦れてきたようで、だんだんとその動作に焦りが見られるようになった頃、シリウスは群れの中の一番大きな魔獅子に向かっていき、鮮やかな一太刀を浴びせかけた。

切られた魔獅子の鮮血が空中に高く飛び散る中、シリウスの怒号が響く。

「全員、剣を握り直せ！　オレが鍛えた騎士たちはこの程度か!?　違うだろう！　力を出し惜しむな!!　一撃、一撃に全力を込めろ!!」

その瞬間、全員がはっとした様子で目を見開くと、剣を握る手に力を込めた。

それから、ある者は大きく呼吸をし、ある者は胸元を強く叩き……思い思いの方法で自分を叱咤すると、再び魔獅子に突っ込んでいった。

気合を入れ直したことで、騎士の動きが加速したのか、あるいは、剣に重みと鋭さが加わったのか、先ほどまでとは異なり、魔物の体に騎士の剣が沈み始める。

一瞬にして、別人のように強くなった騎士たちを、私は驚愕して見つめた。

「まあ、シリウスは剣士として優秀なだけでなく、すばらしー指揮官なのだわ！」

なぜならシリウスの言葉で皆が奮い立ち、騎士たちは新たな力を引き出すことができたのだから。

けれど、それでもなお、『ロドリゴネ大陸の魔物』は簡単に倒せるような相手ではなかった。

騎士の剣が魔物に食い込むのと同様に、魔物の牙や爪も騎士たちに傷を負わせている。

騎士の腕や胸に大きな傷が入り、鮮血を飛び散らせる場面が続いたけれど、それでも、後ろに下がる者は1人もいなかった。

むしろ、さらに1歩と前に踏み込み、力強い一撃を叩き込む。

騎士たちは数の多さを利用して、複数人で1頭を囲むという戦法を取り、確実に相手の力を削いでいった。

一方、シリウスは1人で魔物と対峙していたけれど、彼の力が魔獅子に勝っていることは明らかだった。

シリウスが勢いよく剣を振り下ろすことで、魔獅子の片腕が切り落とされる。

痛みに吠える魔物の隙をついて、シリウスはさらに相手の腹を斜めに切り裂いた。

完全に魔物が地面に倒れ伏したところで、シリウスは後方に向かって叫ぶ。

「シェアト！」

その声に応えるように、すぐさま走り寄って来たシェアトは、地面に伏した魔獅子を憎しみに満ちた目で睨み付けた。

けれど、次の瞬間、その足元に視線を移す。

そこには、魔獅子とは明らかに形状が異なる、人の形をした黒い影が伸びていた。

「今、解放してやるからな！」

そう言うと、シェアトは両手で剣を握り、魔物の心臓部分に刃を突き立てる。

彼が刃を抜くと同時に、空中に鮮血が飛び散った。

それらの血しぶきがほとばしる中、黒い影がすっと魔物から離れたかと思うと、空中に浮かび上がっていく。

息を詰めて見守る中、その黒い影は戸惑ったように首を回《めぐ》らせると、地面を見下ろし、既にこと切れた魔獅子を見つめた。

それから、シェアトに視線を移すと、まるで感謝を示すかのようにぺこりと頭を下げる。

「……っ!」

シェアトはびくりと体を揺らしたけれど、影は顔を天に向けると、振り返ることなく、そのまま真っすぐ昇っていった。

「1人……、解放できたな」

シェアトは人差し指を曲げて祈りの仕草を取った後、ぽつりと呟いた。

シェアトが言っていた、彼の村特有の祈りの仕草を今の影は取らなかったので、ザイオス村の住人ではなかったのかもしれない。

それでも、シェアトは少しだけ救われたような表情を浮かべていた。

◇　◇　◇

「シェアト、気を抜くな！　それから、皆もさっさと副総長に続いて、魔物を追い込め!!」

活を入れるように、デネブ近衛騎士団長の叫び声が響く。

「「はい!!」」

騎士たちが従順に叫び返す中、シェアトは剣を持ち直すと、再び別の魔獅子に向かって突っ込んでいった。

それらの様子を目で追いながら、私は一生懸命、数を数える。
81、82、83……
騎士たちが魔物の力を削いでいるのは確かだったけれど、彼らの傷が増えているのも間違いなかったからだ。

多分、リラを含めた聖女たちは、連日の戦闘で疲弊しているのだ。

そのため、魔法が届く距離が短くなっており、『ロドリゴネ大陸の魔物』に恐怖して後方に下がっている現状では、回復魔法を届けられずにいた。

私なら、……毎日、室内で絵本を読んでいただけの私ならば、魔力が有り余っているから、この場所からでも、戦場の端から端まで魔法を届けることができるのに。
89、90、91……
シェアトの肩に魔物の鋭い爪が掛かる。

そんなシェアトを救おうと、彼に掴みかかった魔獅子を剣で横薙ぎにしたミアプラキドスに対して、思わぬ方向から現れた新たな魔獅子が牙を立てた。

即座に、彼らの近くにいた騎士たちがその魔獅子を攻撃したけれど、魔物を引き離した時には、ミアプラキドスの上腕の一部は齧り取られていた。

「ちっ！」

ミアプラキドスはしくじったとばかりに短く漏らすと、剣を反対側の手に持ちかえる。

どうやら利き腕は使い物にならなくなったようだ。

『周りにいる魔物の立ち位置は把握していたはずだが、ミアプラキドスを攻撃した1頭はどこから来たのか』と警戒している様子で、騎士たちは攻撃の手を止めると、用心深い表情で周りを見回した。

けれど、そんな騎士たちはすぐに想定外のものを目にすることになり、驚愕で目を見開く。

いつの間にか、森の奥から10頭ほどの新たな魔獅子が出現していたからだ。

4頭の魔獅子に苦戦していた騎士たちだ。3倍に増えた魔獅子を前にして、このまま戦い続けるわけにはいかないと、仕切り直すために後ろに下がる。

けれど、魔獅子たちは騎士たちを恐れることなく、1歩、1歩と距離を詰めてきた。

さらに、1頭、また1頭と、新たな魔獅子が現れ続け、私たちを取り囲むような形で、その数はどんどん増えていく。

「くっ、調査騎士団の予測が外れたな！　5頭程度の群れに分かれて行動しているはずだとの詳細報告を受けたのに、全頭で行動しているじゃないか!!」

私の背後でミラクが吐き捨てる。

私や聖女たちを取り囲むような形で騎士たちの再配置が完了した時には、魔獅子の数は30頭を超えていた。

「想定外の異常事態だな！　これだけの数の魔獅子を打ち破れるはずもない！　これ以上の作戦の遂行は不可能だ!!　というか、囲まれているじゃないか。はっ、目下の問題は、僕たちが何人この場から離脱できるかだ」

既に魔獅子の討伐を諦め、離脱の算段を始めたミラクの言葉を聞いて、私はびっくりして彼を見上げる。

確かに魔物の数は多いけれど、シリウスがいるし、騎士たちはすごく強いから、補助魔法をかければ勝てるのではないかと思われたからだ。

先ほどまでのように、魔物の立ち位置に合わせて、騎士たちが思い思いの場所に展開していたのであれば、聖女の魔法は届かないかもしれない。

けれど、今は聖女を中心にして、その周りを騎士が取り囲んでいるのだ。

リラを始めとした聖女たちは、騎士たち全員に対して、一度に魔法をかけることができるだろう。

「ミラク」

「大丈夫です、セラフィーナ様。あなた様には傷一つ付けさせませんから」

私が名前を呼んだのを何と思ったのか、ミラクは魔物に視線を固定したまま、力付けるような言葉を返した。

……そうではなくて、私も戦えると言いたかったのに。

それとも、ミラクの判断が正しくて、私が魔獅子の力を測り損ねているのだろうか。
１１３、１１４、１１５……
私は必死に数を数える。

シリウスは今回だけでなく、将来の戦闘を見越して指示を出したのだから、今は我慢だわ。我慢よね。それとも、数え間違えた振りをしてもいいかしら？

けれど、――――次の瞬間、私は数を数えることを放棄すると、大きく目を見開いた。

なぜなら30頭を超える魔物が、一斉に襲い掛かってきたからだ。

そして、そのうちの数頭は私たちに向かって飛び掛かってくる。

私の前と後ろでは、カノープスとミラクが私を守るために剣を構えた。

飛び掛かられたことで魔物の体重が加わり、その攻撃は非常に重く鋭いものになったようで、剣で受け止めたミラクが支えきれずに地面に片膝をつく。

その際、ガチリと剣と爪が重なり合う耳障りな音が響いた。

カノープスは何とか魔物の攻撃を凌いだものの、相手の爪が触ったのか、その頬には一筋の傷が付いている。

目の前で魔獅子の凶悪さを見せつけられた聖女たちは、戦意を喪失したようで、「ひっ！」と恐怖の叫び声を上げると、腰が抜けた様子で地面にへたり込んだ。

精霊たちは困ったように上空から彼女たちを見下ろしていたけれど、聖女が魔法を発動させない以上、手助けできない様子だ。

冒険者とともに、この森に何度も挑んでいるはずの聖女たちが、恐怖に襲われている状況にもかかわらず、騎士たちは恐怖心を微塵も感じさせない様子で魔物に対峙していた。

剣を構え、一歩も引かない様子で切り込んでいく。

あちこちで騎士の鮮血がほとばしっていたけれど、誰一人後ろに下がることなく、その場に留まっている姿はとても勇敢だった。

シェアトに目をやると、荒い息を吐きながらも、その目はギラギラと光っており、全く引く様子は見られない。

全員が奮闘する姿を目にし、ぎゅっと両手を組み合わせていると、背後でザクリと嫌な音が響いた。

はっとして振り返ると、私を庇うような形でミラクが魔獅子の爪に引き裂かれていた。

「ミラク！」

彼の胸元から鮮血が飛び散ったため、思わず名前を呼んだけれど、ミラクは表情を歪めもしなかった。

「……かすり傷です。ですが、少々危険になってきました。僕が退路を切り開きますので、カノープスとともにこの場を離脱してください」

返事をしようとしたところで、シリウスが駆け寄ってくるのが見えた。

「セラフィーナ！」

戦場に配置された騎士たちを最適に機動させるため、陣頭指揮を執っていたはずなのに、私を心配して来てくれたのだ。

「シリウス！」

慌てて彼に駆け寄ると、剣を持っていない方の手で抱き上げられる。

シリウスは素早く私の全身を眺め回した後、怪我がないことに安心した様子を見せたけれど、すぐに険しい表情を浮かべた。

「想定していた中で最悪の事態だ。初心者向きの戦場ではなくなったので、お前はカノープスとミラクとともにこの場を離脱しろ」

「えっ！」

「お前が優れた聖女だということは分かっているが、この場に留まるのはリスクが高い。状況が悪いので、オレは騎士たちの命も守らなければならなくなった。お前を守りながら、騎士たちをサポートするのは難しい。約束を破る形になって悪いが、先にこの場を離れていろ。少し遅れてから合流する」

シリウスの言いたいことは理解できた。

優れた剣士である騎士たちをフォローすることと、非力な私を守ることでは、労力が全く異なることも。

そのため、この酷い状況下において、万が一にも傷付かないようにと、シリウスは私を戦場から離脱させようとしているのだ。

『お前自身も傷付くが、それでも騎士たちを守ってくれ！』とは、シリウスは決して私に言わないのだ。

シリウスの優しさをありがたく思いながらも、やるべきことを果たしていないもどかしさを感じる。

騎士たちは多くの怪我をしているし、私は騎士たちを守護するためにここまで来たのに！

「や、でも、私は！」

シリウスがカノープスに私を引き渡そうとする様子を見て、私は必死に体を捻ると、シリウスの腕の中から飛び降りた。

「セラフィーナ!?」

「でも、私は騎士たちを守るためにここまで来たのに！　そして、ちゃんと3分待ったのに!!」

途中で数えるのを止めたため、実際に3分経ったかどうかは不明だけれど、強気でそう言い切ってみる。

「だから、3分、いや、1分、いえ、30秒はここにいるわ!!」

他の聖女たちが戦意を喪失してしまったため、私1人で全ての騎士たちをサポートすることは難しいだろう。

でも、状況を改善することくらいはできるはずだ。

そう考えた私は、シリウスに宣言した次の瞬間、空に向かって顔を上げた。

止められる前に、できることは全てやってしまおうと思ったからだ。

《セブン、いらっしゃい!!》

精霊の言葉でそう呼びかけると、すぐさま目の前にセブンが現れる。

《フィー、珍しく朝早くに起き出したと思ったら、こんなところにいたの？　一体何をやってぇぇええぇ!?》

呑気な声を出していたセブンだったけれど、顔なじみの騎士たちが血だらけになっている姿を目にした途端、素っ頓狂な声を上げた。

彼は慌てた様子で周りを見回すと、輪紋魔獅子を指差して、大きく目を見開く。

《えっ、あれは旧大陸の魔物だよね？　ホント、何やっているの!?》

呆れたように言いながらも、セブンは空高く飛び上がると、私の魔力に精霊の力を乗せてきた。

そのため、私の両手の甲には、瞬時に精霊との契約紋が浮かび上がる――――私の髪と同じ、鮮やかな赤い赤い紋が。

精霊の力が完全に私の魔力に同化したのを確認すると、私は片手を天に向かってまっすぐ伸ばした。

それから、戦場にいる騎士たちを見回しながら、魔法を唱える。

「回復！」

発したのはたった一言――――けれど、それが全てだった。

私の発声と同時に、一瞬にして魔法が発動される。

瞬きほどの時間で、その場にいた騎士の全ての傷が消えてなくなるとともに、欠損していた部分が再生する。

「へっ？」

「えっ!!」

「えええええっ!?」

騎士たちは驚愕した様子で、傷が塞がった体を眺めたけれど、すぐにがばりと顔を上げると、目を丸くして私を見つめてきた。

「な……セラフィーナ様はマジで聖女だったのか!?」

「ほ、本物!!」

「これほど広い戦場の端から端まで届くって、あり得るのか!?」

私の目の前では、ミラクも驚愕した様子で切り裂かれていた胸元を見下ろしていた。

「嘘だろ……これだけの人数がいるのに、これほど綺麗に治すのか？」

クールでカッコいいカノープスは、一瞬目を瞑ると、震えるような息を吐き出す。

離れた場所では、ミアプラキドスが無言のまま、剣を利き腕に持ち替えていた。

シェアトは驚愕した様子でこちらを振り向いたけれど、再び魔獅子に向き直ると、好戦的な表情を浮かべて剣を握り締める。

皆が回復した様子を確認した私は、補助魔法を発動させた。

「《身体強化》攻撃力1・5倍！　速度1・5倍！」

魔獅子の皮膚は硬く、騎士たちの剣がなかなか通らない状況だったので、通常より効果の高い内容を口にする。

それから、一瞬、迷ったものの、戦場中にいる魔獅子をぐるりと見回した。

これはまだ練習中の魔法のため、通常であれば試そうとは思わないのだけれど、様々な幸運を引き寄せるとお墨付きの精霊の服を着てきたため、うまくいくかもしれないと期待を込めて発動することにしたのだ。

「精霊の祝福付きのすてきなドレス様、おねがい！　どうか私に幸運を運んできてちょうだい!!」

もちろん、事前にお願いすることは忘れない。

お願いが終わると、私は魔獅子に向かって両手を広げた。

「見えなき鎖よ、太く長く伸びて眼前の魔物を捕らえ、絡みつき、その動きを制限せよ。――『捕縛』！」

呪文を唱え終わった瞬間、それぞれの魔物の頭上に、光で紡がれた鎖が現れる。

それらは素早く魔物に絡みつこうとしたけれど、全身を捕らえることができた魔獅子はわずか3

頭だけだった。

腕や足といった一部を捕らえた魔物を足しても、10頭にも満たない。

それ以外の魔獅子は、素早く飛び退き、拘束の鎖から逃れていた。

「あああ、精霊の祝福をもらい、ありったけの幸運を引きよせてもこのてーどだなんて。まだまだ練習がひつよーだわ」

私はがっくりとうなだれたけれど、それどころではなかったことを思い出し、慌てて顔を上げる。

「あっ、もう30秒たったわよね！　じゃあ、私はカノープスとミラクとともに逃げるわね！」

けれど、あれほど私をこの場から離脱させようとしていたシリウスとミラクだったにもかかわらず、そして、いつだって私の身の安全を優先させようとするカノープスらしからぬことに、３人は「応」と返事をしなかった。

◇　◇　◇

「…………」

「…………」

カノープスとミラクは見たこともないほど難しい表情を浮かべると、無言のままシリウスを見つめた。

シリウスは無言で2人を見返した後、ぎこちなく私に向き直る。

「……いや、セラフィーナ、よければもう少し、ここにいてもらえるだろうか？」

「えっ、いいの!?」

びっくりして尋ねると、シリウスが答えるよりも早く、戦場に散らばっている騎士たちが全員で返事をした。

「「「いいです！　むしろ、いてください!!」」」

「まあ、ありがとう！　私は毎日、絵本を読んですごしていたから、まだまだ魔力がたっぷりのこっているの。みんなのお役に立てるよう、がんばるわね！」

騎士たちに受け入れられたことが嬉しくて、笑顔で有用性をアピールしてみたけれど、騎士たちから笑顔は返ってこなかった。

それどころか、全員から半眼になって見つめられる。

「…………」

「……まだたっぷり」

「マジか」

『いてくれ』と言ってくれたのは騎士たち自身だから、歓迎されているはずよね。

それなのに、この渋い表情はどういうことかしら。

うーん、彼らは疲れていると思うことにしよう。

そう自分に言い聞かせていると、私の頭上でシリウスがため息をついた。

「セラフィーナの力を理解していたつもりだが、ここまでだったとは……。レントの森で戦った時と比しても、数倍の騎士の数と距離だというのに」

続けて、気を取り直したらしいシリウスが指示を出す声が響く。

「カノープス！　ミラク！　いいか、お前たちは何としてもセラフィーナを守れ!!　もしも彼女に危険が及びそうになった場合は、迷わずオレを呼ぶんだ!!」

「「承りました!!」」

それから、シリウスは私に向かって体を屈めると、真摯な表情で口を開いた。

「セラフィーナ、お前の助力に心から感謝する。オレたちの聖女に勝利を捧げることを約束しよう」

「えっ！」

すごいことを約束されたわと驚いていると、騎士たちが声を揃えて叫んできた。

「「「オレたちも、同じものを捧げるとお約束します!!」」」

「ええっ、そ、それじゃあ、捧げてもらえるよう、私もがんばるわね」

つまり、この場の魔物を殲滅できるよう、できる限り騎士たちを助力しないといけないわね、と走り去るシリウスの背中を見つめながら決意する。

けれど、私の意気込み空しく、その後の私に活躍の機会は与えられなかった。

なぜなら身体強化の魔法をかけただけで、騎士たちは魔獅子の強さを上回ってしまい、それ以降は小さな怪我を治癒することくらいしかやることがなかったからだ。

先ほどまでとは違い、剣を深く魔獅子の腹に沈めながら、シェアトが興奮した声を上げる。

「はっ、どうしてこれほど深く剣が入るんだ？　ナイフでパンを切るよりも簡単だな！」

「奇遇だな！　オレもナイフでバターを切るよりも簡単だと思っていたところだ!!」

そう言い返してきたミアプラキドスとともに、2人はひとしきり感想を言い合った後、最後には意気投合した様子を見せた。

「はー、すげえな!!」

「オレの攻撃力と速度が5割増しになったら、こんなに強くなるんだな!!」

その言葉を聞いたミラクが、離れた場所から呆れたように返す。

「だが、そのことが分かっていても、どうせシェアトは早朝自主訓練に遅刻するし、ミアプラキドスは就業時間が終了したら、延長せずに帰るんだろう?!」

それは仕方がないわ、とミラクの言葉を聞いた私は思う。

シェアトは若いため朝は眠いらしいし（本人談）、ミアプラキドスは将来、結婚した場合に備えて、新婚の家に早く戻るシミュレーションをしている（本人談）のだから。

そう納得しながらも、騎士たちに軽口が戻って来た姿を見て、調子が戻ってきたようねと嬉しくなる。

魔獅子戦以外の騎士たちは、戦いながらも互いに言い合いをしていたので、恐らくこれが普段のスタイルだろうと思われたからだ。

「いやー、それよりも、片腕が動かねぇ魔獅子を相手にする不思議さといったらねぇよな。片腕が動かないだけで、戦闘力がガタ落ちじゃねぇか」

「セラフィーナ様に怪我を治癒してもらう前のお前もそんなもんだったぞ！　魔獅子も同じようなことを、お前に対して思っていたんじゃねぇか？」

……相手の悪口まで出てきたところを見るに、どうやら騎士たちは絶好調のようだ。

そのことを示すかのように、私が魔法をかけてからわずかな時間しか経っていないにもかかわらず、魔物の数は半数近くまで減っていた。

そして、当初の手順通り、魔物の止めを刺す役はシェアトが務めていた。

見ていると、彼は必ず彼の村特有の祈りの仕草をして、影を見送っている。

そんな彼の動作からは、死者への敬意と慰労の気持ちが見て取れた。

恐らく、シェアトが送った影の中には、ザイオス村の仲間たちも交じっていたはずだ。

けれど、彼は自分を律し、終始冷静な態度を貫いていた。

――そんなシェアトが一度だけ、明らかに動揺した様子を見せる。

全身を震えさせ、無言のままぼたぼたと涙を零したのだ。

それから普段よりも長く祈ると、影が空の向こうに消えてしまった後も、しばらく空を見つめ続けていた。

そのため、その影は彼の家族だったのかもしれない、と思わされる。

誰も何も言わなかったけれど、それまで賑やかに言い合いをしていた騎士たちが、その時だけはぴたりと口を噤んだので、全員がシェアトのことを思いやってくれたのだろう。

一方の魔獅子だけれど、『ロドリゴネ大陸の魔物』だけあって知能が高いようで、回復役は私１人しかいないと気付いた途端、一斉に私目掛けて向かってきた。

けれど、私はミラクに指示された通り、できるだけ縮こまっていたし、手練れの騎士であるカノープスとミラクがしっかり防いでくれたため、魔物の牙や爪が私に届くことはなかった。

さらに、他の魔獅子に対応していたシリウスや多くの騎士たちがすぐに駆け付けてくれ、私を囲むような形で陣を張ってくれる。

「まあ、こんなにげんじゅーに守護してもらえるなんて、私は大事なお姫さまみたいだわ！」

思わずそう口にすると、ミラクから冷静に返された。

「セラフィーナ様は我が近衛騎士団の大事なお姫様ですよ‼」

そうだった、私は王女だったわ。

魔物が一か所に集まったということは、まとめて攻撃しやすくなったということでもある。

結果、――――しばらくの後、騎士たちは全ての輪紋魔獅子を殲滅したのだった。

最後の魔獅子を倒した際には、シリウスを含めた騎士たちの全員が、追悼するかのように天に昇って行く影に向かって片手を胸に当てると、正式な騎士の礼を執った。

そのため、私も同じように片手を胸に当てると、囚えらえていた影が自由になって、好きな場所に行けますようにと祈ったのだった。

◇　◇　◇

全てが終わった後、シリウスは困ったような表情を浮かべて私のもとまで歩いてきた。

そのため、私も心配になって、彼を見上げる。

「どうしたの、何か困ったことでもおきた？」

「ああ、迂闊だった。お前が魔法によって鬼神の集団を創り出せることを忘れていたのだから、大変な失態だ。そのうえ、お前がここまで律儀に約束を守るとは思わなかった」

「え？」

言われている意味が分からずに、小首を傾げる。

「早寝をするだとか、お菓子のついた手を舐めないだとかの約束をことごとく破られていたので、今回、『3分間の沈黙』を順守していたのは、オレとの約束を守ろうとしていたからではなく、恐怖で体が動かなくなっているのだと勘違いをしていた」

「えええっ、こんなにまじめな私をつかまえて、何てことを言うのかしら!!」

酷いわ、と言い返すと、シリウスを始めとした全員が無言になる。

「…………」

「…………」

「…………」

しまった。私は年齢相応の王女だから、6歳という年齢に相応しい悪戯をしたり、ちょっとした約束破りをしたりしていたのだった。

そして、それらは騎士たちの皆が知っているのだった。

せっかく私が褒められる流れっぽかったのに、余計なことを言ってしまったわ。

「……ま、まあまあまじめなセラフィーナだから、シリウスが大事にしている約束は守るわ」

そう答えると、シリウスはぽんと私の頭に手を置き、体を屈めて顔を覗き込んできた。

「誤解をして悪かった。それから、ありがとう。セラフィーナ、お前のおかげで、オレは騎士たちを一人も失わずにすんだ。それどころか、輪紋魔獅子を殲滅できた」

「うふふふふ、それは私の騎士たちのおかげよ！　みんな、ものすごく強いでしょう？」

今いる騎士たちを近衛騎士団に配属したのはシリウスのため、当然、彼は皆の強さを知っているというのに、高揚していた私は、シリウス相手に騎士自慢を始めてしまう。

すると、優しいシリウスは大きく頷き、私の話に合わせてくれた。

「ああ、ものすごく強いな。騎士たちがこれほど強くなれるとは、想像もしていなかった」

「うふふふー」

騎士たちを褒められて嬉しくなっていると、いつの間にか私を囲むようにして集合していた騎士たちが、全員で膝を折った。

そのため、えっ、もしかして全員が膝を痛めたのかしら、とびっくりして見回していると、シリウスが私の片手を取る。

「デネブ、改めて紹介しよう。近衛騎士団が守るべき聖女、セラフィーナだ」

シリウスが見せつけるように掲げた私の手の甲には、赤い契約紋が浮き出たままになっていた。

私たちの周りでは、姿を隠ぺいすることを止めたセブンが、楽しそうに空を飛び回っている。

デネブ団長はまっすぐ私を見つめると、真摯な表情を浮かべた。

「聖女、と表現してよろしいのでしょうか。非常に強力で、見たこともも聞いたこともない魔法を行使いただいたので、セラフィーナ様を何と表現していいのか分からず、正直なところ戸惑っております。ですが、本当に……我々を鬼神のように強く造り変えていただいた」

そう言うと、デネブ団長は深く頭を下げたので、私はびっくりして目を丸くする。

「えっ、デネブ団長、どうしたの？　頭を上げてちょうだい！」

けれど、団長は頭を下げたまま言葉を続けた。

「近衛騎士団を預かる者として、騎士の全員が無事でいることに対してお礼を言わせてください。本当にありがとうございました」

「「「セラフィーナ様、ありがとうございました!!」」」

一枚岩の騎士団だけあって、デネブ団長に続いて、騎士の全員が言葉を揃える。

あまりの大きな声に耳がきーんとしたけれど、何とか顔をしかめるのを我慢する。

すると、デネブ団長がゆっくり顔を上げ、まるで眩しい物でも見るかのように、目を細めて私の手の甲を見つめてきた。

「赤い契約紋ですか。ここまで鮮やかなものは初めて目にしました。精霊を使役する時だけ浮かび上がってくる紋も、一度も見たことがありません。セラフィーナ様の全てが私の理解の外にありますので、どうか、これから姫君について学ばせてください」

私は知らなかったけれど、精霊との契約紋にはランクがあるらしく、赤が最上級とのことだった。

加えて、基本的に契約紋は、常時、手の甲に表れているものらしい。

けれど、それらのことを知らない私は、デネブ団長からとんでもないことを言われた気がして、ぎょっとして目を見張る。

「わ、私について学ぶ!?」

動揺してそう聞き返したけれど、大真面目な表情で頷かれた。

「近衛騎士団長に任命されてから20日以上も経過したというのに、未だ姫君の真価を理解していないことに恥ずかしさを覚えています。どうかオレに機会をお与えください」

「えっ、いや、知らない方ががっかりしないと思うけど……」

と小さな声で呟いたけれど、デネブ団長はにこりと微笑んだだけで、前言を撤回しなかった。

その姿を見て、うーん、団長は一切引く気がないようね、今まで気付かなかったけれど、これは強敵だわ、と心の中で呟く。

このままでは、私の残念な生態が明らかにされ、デネブ団長に呆れられる日が、近い未来に訪れるかもしれない……

◇　◇　◇

その日の夜、シェアトが私の部屋を訪ねてきた。

どうしたのかしら、と思いながら中に通すと、彼は扉を開けたまま入室し、部屋の真ん中で深く頭を下げた。

「セラフィーナ様のおかげで、魔物に囚われていた家族と村の仲間を解放することができました。本当にありがとうございます」

びっくりした私は、慌てて両手を振る。

「ううん、私はできることをやっただけよ。がんばったのは騎士たちも同じだし、今日一番がんばったのはシェアトだわ」

私の言葉を聞いたシェアトは床の上に片膝を折ると、目線を合わせ、しみじみとした様子で返してきた。

「あれだけのことを成し遂げておいて、そんなことを言われるなんて、姫君は本当にすごいですね。オレはあなた様に仕えられることを誇りに思います」

「えっ、そ、それはありがとう」

今日のシェアトはこれまでになくしおらしい様子なので、家族や仲間の影に出会えてしんみりしているのかもしれない。

そうだとしたら、できるだけ優しくした方がいいわよねと考えて、彼の発言を肯定する。

すると、シェアトはまっすぐ私を見つめてきた。

「オレはまだまだ強くなれることを、姫君に教えてもらいました。攻撃力と速度が上がれば、オレはもっと強くなれるし、その強さにこの肉体が付いていけるのだと、身をもって体験できたんです。姫君の魔法のおかげで、今日のオレは3年後の修行した姿になれました。だからこそ、輪紋魔獅子を倒せました」

昨夜、シェアトは強くなりたいと言っていたけれど、それは自分の力でという意味だったから、余計なことをしたのではないかと心配していたのだ。

けれど、シェアトは晴れ晴れとした表情を浮かべていたので、ほっと安心する。

「もしかしたら余計なことをしたのではないかと心配していたの。シェアトが怒ってなくてよかったわ」

「セラフィーナ様はとんでもないことを考えるんですね。感謝以外の感情を抱くことはありませんよ」

そう言い切ったシェアトは、言葉通りの感情を抱いているように見えた。

そのため、シェアトがシンプルでまっすぐな性格をしていてよかったわ、と嬉しくなる。

「シェアトはまっすぐな性格をしているのね。そのうえ、とっても強いのだから、すごいわ！　そんなシェアトがいてくれると心づよいから、これからも側にいてね」

先日、敵討ちをしたいシェアトが、近衛騎士団を抜けるかもしれない、とまで考えた私は、どさくさに紛れて近衛騎士団へ残留するよう要望する。

すると、シェアトは珍しく頬を染めた。

「そんな嬉しい言葉をオレにくれるんですね。……セラフィーナ様、オレは本当に、本当に主に恵まれました。今後もずっと、あなた様にお仕えできればと心から思います」

「うふふふ、だったら、ずーっと私の騎士でいてね！　あっ、そう言えば」

ふと思い出したことがあって両手を合わせると、シェアトは不思議そうに尋ねてきた。

「どうしました？　オレはあなた様の騎士ですから、お望みがあれば何だって叶えますよ」

いい流れだわ、と思いながら、シェアトの生まれた村がこの近くだと聞いた時から考えていたことを提案する。

「だったら、明日はべつ行動をとりましょう。シェアトはザイオス村におはかまいりに行ったらどうかしら？」

私の言葉を聞いたシェアトは、まじまじと私の顔を見つめてきた。

「姫君は本当に、とんでもないことを言い出しますね。もう十分オレを助けてくれたのに、さらにオレのことを思いやってくれるんですか？　あの時は気付きませんでしたけど、カノープスにもものすごい効果の薬を作っていましたよね。今はオレのことまで気に掛けてくれるし、一般の騎士たちのことをそこまで考える王族は、他にいませんよ」

「えっ、でも、シェアトはいっぱんの騎士ではなく、私の騎士だし」

気になるのは当然じゃないかしら、と思って目を丸くすると、シェアトはしかつめらしく言い返してきた。

「その通りです。お仕えしているのはオレですから、敬愛は一方通行であるべきです。姫君はお受け取りいただければいいんです」

そんな難しいことを言われても、と困った表情を浮かべると、シェアトは苦笑した。

「……ありがとうございます、セラフィーナ様。心から言ってくださることが分かるんで、ありがたくお気持ちを受け取らせていただきます。では、明日は、墓参りに行ってきます」

シェアトはそこで頭を下げたけれど、私が返した言葉を聞いて、びくりと体を跳ねさせた。

「もしかしたらシェアトが解放した影たちが、お墓に戻っているかもしれないわね」

シェアトは頭を下げたままの姿勢でしばらく静止していたけれど、そのまま口を開く。

「……まだ申し上げていませんでしたが、家族が1人、魔獅子に囚われていました。兄です。責任感が強く、しっかり者で、12年前にザイオス村が襲撃された際に、オレを逃がしてくれたのも兄でした」

シェアトは一旦言葉を切ると、自分を落ち着かせるために大きく息を吐いてから言葉を続けた。

「多分、父と母と姉を守って、兄が一番初めに犠牲になったんだと思います。だからこそ、家族の中で囚われていたのは兄だけだったんです。カッコいいですよね。魔獅子に囚われていたのは不幸なことでしたが、おかげでオレは、兄が家族の影を魔獅子から守り切ったと知ることができました。オレは死ぬまで兄を尊敬します」

「ええ、シェアトのおにー様はとってもカッコいいわ！」

大きく頷きながらそう返すと、シェアトは顔を上げて私を見つめてきた。

その目には、涙が盛り上がっている。

「兄の夢は……騎士になることでした。あの村から出て行って、王都で騎士になりたいと何度も言っていたんです。だから、オレは絶対に兄に恥じないような騎士になります。天に昇って再会した時に、胸を張って『騎士だった』と言えるような騎士であり続けようと思います」

そう言い切ったシェアトは、今までで一番カッコよかった。

そして、そんな彼はもう既に、彼のおにー様が誇りに思うような騎士になっていると思われた。

「シェアトはじゅーぶんカッコいいわ！　そして、シェアトのおにー様は天に昇る時にあなたを目

にしたから、じまんに思ったはずよ」

私の言葉を聞いたシェアトは、どういうわけか顔を真っ赤にした。

彼が動揺したように瞬きをしたことで、それまで耐えていた涙がぽろりと一筋頬を伝う。

「えっ、どうしたの？」

「それはオレが自分に聞きたいことですよ！　くっそ、これまで誰に褒められても、こんな気恥ずかしさは感じなかったのに。セラフィーナ様、オレに初めての感情を植え付けて、翻弄するのは止めてください」

「わ、分かったわ！」

そう答えたものの、どう行動すればシェアトの希望に添えるかは分からなかった。

そのため、これは話題を変えた方がいいわね、と思ったところで、森からの帰り道にリラから聞いた話を思い出す。

「あっ、そういえば、リラから聞いたのだけど、シェアトが幼い頃に付けられていた『ケーコク』のあだ名は、『危険ですよの意味の警告』ではなくて、『絶世の美人の意味の傾国』だったんですって」

「えっ？」

シェアトにとっては寝耳に水の話だったようで、彼はびっくりした様子で目を見開いた。

「シェアトはきれいで、派手な顔をしているわよね。小さい頃からそうだったとリラが言っていたわ。だから、男の子たちは『シェアトが女子だったらなー』とのがんぼーをこめて、そのあだ名にしたんですって」

「あいつら……！」

口ではそう言いながらも、シェアトの眉は下がっており、泣き出す直前のような情けない顔をしていた。

「……明日はあいつらの墓も回って、色々と話をしてきます」

そう言ったシェアトは、心から故郷を懐かしんでいるような表情を浮かべていた。

そのため、シェアトに故郷が戻って来たわ、と私は嬉しくなったのだった。

それから、シェアトがお墓参りができるように、これからは毎年、セト離宮に来ようと決意したのだった。

シェアトの背後に目を向けると、窓越しに美しく輝いている月が見える。

その美しい光景が、なぜだか私の決意を支持してくれているように思われたため、私はとっても嬉しくなったのだった。

――どうか、私の騎士たちがいつまでも、元気で幸せでありますように。

転生した大聖女は、聖女であることをひた隠す ZERO

セラフィーナと指輪

砂浜を歩いていると、ちらほらと人々の姿が見えるようになってきた。

どうやら王族専用のプライベートビーチを抜けたようだ。

目に映る人々が色とりどりの華やかな服装をしていたので、楽しいわと思いながら見回していると、半ダースほどの簡易テントが風にはためいていた。

興味を引かれ、あれらは一体何かしらと思いながら近付いていくと、様々な露店が並んでいる。

「わあ、かわいい！」

その中の一つに宝石屋さんがあって、色んな色の宝石がぴかぴかと輝いていた。

思わず眺めていると、お店の店主から声が掛けられる。

「お嬢ちゃん、うちはとっておきの宝石を準備しているからね。見て行ってくれよ」

「ええ、どれもとってもきれいだわ！」

赤、ピンク、紫、オレンジ、水色、緑、黄色といったたくさんの宝石が、差し込む光でぴかぴかと輝いている。

どれも可愛いわねと思いながら、私はその中の一つを手に取った。

様々な色の、様々な形と大きさをした宝石が10個以上並んでいる、とっても可愛らしい指輪だ。

「シリウス！」

満面の笑みで彼を振り返ると、仏頂面のシリウスと目が合った。

「セラフィーナ、これほどの遠目から見ても分かるほどの、見間違いようもない粗悪品だ。指輪がほしいのであれば、オレがいくらでも手配しよう」

「えっ」

私はいつぞやシリウスから贈られた髪飾りを思い浮かべる。

あれには鳥の卵ほどの大きな黄色い宝石が付いていて、身に着けるだけで重かった。

それから、彼に贈られた剣の形のブローチを。

あれには何十個ものぎらぎらと輝く透明の宝石が付いていて、身に着けていると、目がちかちかして痛くなった。

侍女たちがものすごく厳重に保管していたので、どちらもとっても高いのだろうけれど……正直に言って、私のような少女向けではないと思う。

「シリウス、私はこのいろんな色の宝石が付いた、ぴかぴかの指わがほしいの！」

「……こんな小さな石を、わざわざ身に着けるのか？　どの石も、お前の小指の爪の半分の大きさしかないぞ」

「そうなの、ちっちゃくってとってもかわいいわよね！」

「そのうえ、この指輪にはデザイン性が全くない。色にも大きさにも統一性がなく、ただ雑然と並べてあるだけだ」

「それなのに、こんなにかわいくなるなんて、すごいわよね！」

「………本気なのか？」

もちろん、会話の最初から最後までずっと本気だ。

私は宝石のことに詳しくないけれど、シリウスが御用達にしている王都に店を構える宝石店と、この露店で扱う指輪が異なるのは、当然のことじゃないだろうか。

それなのに、一つ一つ比較するシリウスは、同じ品質のものを扱うべきだと思っているのだろうか。

「シリウス、このお店はシリウスが知っているものとは違うかもしれないけれど、私にぴったりのものを用意してくれたわ」

「お前にぴったりのもの？　これが？」

うーん、シリウスはお店の店主に対して失礼過ぎやしないかしら、と心配になって店主に視線をやる。

けれど、店主はシリウスのぴかぴかに整えられた爪の先と、いかにも高級そうな布地で仕立てられた服、装飾の多い鞘に納められた大きな魔石が付いた剣を見た後、無言のまま、私たちが歩いてきた方向を見つめた。

そこには王家のプライベートビーチにつながる砂浜が延びていたので、それを見た店主は何かを理解したような表情を浮かべる。

それから、『相手が相手だから仕方がない』とばかりに頭を振った。

その様子を見て、シリウスの外見を目にした相手がすぐに引いてくれて、トラブルにならないのはいいのだけれど、元々の「身分を隠す」という目的は全く達成されていないのではないかと呆れた気持ちになる。

そのため、シリウスをじとりと見つめたけれど、彼は気付かない様子で、ズボンのポケットから1枚の硬貨を取り出した。

「では、この指輪をもらおう」

けれど、店主は受け取った硬貨を見て、ぎょっとしたように目を見開く。

「はっ、白金貨ですか？　えっ、本物!?　こ、こここんなものを出されても、お釣りがありません」

「だが、手持ちはそれしかない。……硬貨を持ち歩くのは好きじゃないので、いつもこれ1枚をポケットに入れておくことにしている。これで、だいたいの物は買えるからな」

シリウスは最後の言葉を言い訳のように、私に向かって呟いた。

それから、彼は考えるかのように店主に向かって口を開く。

「では、釣りがいらないように、この店の物をもらうとしたら、あといくつ選べる？」

「このお店の品物は全てお持ち帰りいただけます」

「………………」

多分、あと一つか二つと言われたのであれば、シリウスは私に選ばせてくれたのだろうけれど、１００個ほど並べてある指輪やブレスレット、ネックレスを全て購入する気はなかったようで、彼は考えるかのように視線を巡らせた。

すると、心配そうにこちらを覗き込んでいた隣のお店の店主と目が合う。

隣は亀の足の形をしたパンを売っているお店で、宝石屋の店主が「家内です」と紹介してくれた。

挨拶をしていると、シリウスは「では」と店主に向かって口を開いた。

「釣りの分だけ、海辺で遊んでいる子どもたちにパンを食べさせてやってくれ」

「えっ？」

ここまで来る通り道で、「腹がへったー」と言いながら、魚を獲ろうと奮闘していた子どもたちの姿を見たのだけれど、その子たちのことをシリウスは思い出しているのだろう。

多分、あの子どもたちの両親はここの店主たちのように働いていて、お仕事が終わるまで晩御飯にはありつけないだろうから、お腹を空かしているのじゃないかとシリウスは心配したに違いない。

「ですが、パンは単価が安いので、１か月ほどは子どもたちに提供し続けられますよ」

店主の言葉を聞いたシリウスは、ぶっきらぼうな様子で言葉を続けた。

「そうか、それだけ続けた後で突然打ち切られたら、子どもたちは困惑するな。好評ならば、その後も定期的に資金を提供しよう」

シリウスは『いい人』と面と向かって褒められるのは苦手なので、ぶっきらぼうな口調で話すことで、何とか感謝されることを回避しようとしているのだろう。

けれど、態度がどうであれ、善意というのは伝わるものなのだ。

そのことを証するように、宝石屋のご主人とパン屋のおかみさんは、感激した様子でシリウスの手を握ってきた。

「この地を警備している騎士に知り合いがいるので、時々、様子を見に来させよう。資金はその者に手渡させる」

居心地が悪そうに続けるシリウスに構わず、露天商の夫婦はすごいことを聞いたとばかりに大きな声を上げた。

「まあ、騎士様にお知り合いがいらっしゃるんですか！」

「騎士様が店に寄ってくれるだけで、ゴロツキへの牽制になります！　助かります!!」

騎士に知り合いがいるというか、ウェズン総長を除いた王国騎士の全てがシリウスの部下なのだけれど、と思いながら呆れてシリウスに視線をやる。

私の視線の先では、我が国ナンバー2の騎士様が、パン屋のおかみさんから手渡された「亀の足パン」に、わざとらしくも行儀悪く齧りついていた。

うーん、今さら粗野な振りをしても、それなりの身分であることは既に見破られていると思うけど。

きっと、私と同じように考えているであろう露天商夫妻とともに、私は生暖かい目でシリウスを見つめたのだった。


それから、10分後。

「シリウス、一生大事にするわね！」

離宮に戻る帰り道で、シリウスを見上げながら、私はそう口にした。

けれど、笑顔の私とは対照的に、シリウスは顔をしかめる。

「そんなにか？　この指輪を？　……甲斐性なしになった気分だな」

シリウスは不満げに言葉を発していたが、私は気にせずに手を伸ばすと、指にはめた指輪を眺める。

「うふふふ、きれいね！」

「オレに甲斐性があるかどうかはどうでもいいが、セラフィーナは絶対に甲斐性なしには嫁がせないからな」

露店から距離ができたことで、少し離れた場所で見守っていた騎士たちが近寄ってきたのだけれど、シリウスの言葉を聞いた途端に首を傾げた。

「今の会話はおかしくなかったか？　シリウス副総長が『甲斐性があるかないか分からない立場』ならば、国王以外は全員甲斐性なしだろう」

「ああ、つまり、副総長は王女殿下を誰にも嫁がせない、と暗に発言されたな！　うう、セラフィーナ様、おかわいそうに」

その言葉が聞こえた私は、嬉しくなってシリウスを振り返る。

「まあ、私はずーっと結婚しないかもしれないんですって！　そうしたら、シリウスと一緒にいるわね」

シリウスはおかしそうに微笑んだ。

「つまり、オレはずっとお前の面倒を見なければならないというわけか。……それもいいな」

それから、シリウスは私の指にはまった指輪をわざとらしく眺める。

「何と言っても、お前はこんな指輪一つで満足するような、ありがたい姫君だからな」

「うふふ、私はシリウスとセブンと一緒にくらすことができるなら、それ以外は何もいらないわ」

私の言葉を聞いたシリウスは、わざとらしく眉根を寄せた。

「……非常に嬉しい申し出だが、お前が成長した途端に前言を撤回されるのだろうな。安心しろ、お前に捨てられる覚悟はできている」

「シリウス！」

悪戯っぽそうな表情を浮かべるシリウスに言い返そうとした時、後ろからばたばたと足音が聞こえてきた。

何かしらと視線を向けると、数人の子どもたちが私たちを追い越して行く。

それから、子どもたちは私たちの前で立ち止まると、笑顔でお礼を言ってきた。

「お兄ちゃん、亀パンをありがとう！」

「このパン、すっごく美味しいの」

「ありがとう!!」

シリウスが手を上げることで返事に代えると、子どもたちは笑いながら走り去って行った。

私と同じくらいの年齢の子どもたちの笑顔を見たことで、胸の中が温かくなった私は、手を伸ばしてシリウスと手をつなぐ。

そして、そのまま離宮までゆっくり歩いて戻った。

——途中で、沈みかけの太陽の光を浴び、つないでいた手にはめていた指輪がきらりと光る。

それを見て、やっぱりシリウスにもらった指輪はとってもきれいだわ、と思ったのだった。

セラフィーナ、シリウスのパパになる

「セラフィーナ、お前は今日も特別可愛いな！　ああ、どうやったら毎日、毎日、それほどの可愛さを持続できるのだ？」

朝食の席で、おとー様が顔を緩めながらそう口にした。

いつものことだったので、おかー様とおねー様、シリウスは素知らぬ振りで食事を続けている。

けれど、私はじいいっとおとー様を見上げると、疑問に思っていることを尋ねてみた。

「おとー様はどうして毎日、私をほめるの？」

「ああ、さすがはセラフィーナだ！　素晴らしい質問だな‼」

おとー様はよくぞ聞いてくれたとばかりに、緩んでいた顔をさらに緩める。

「それはもちろん、お前が信じられないほど可愛いからだ！　私は正直者だから、思ったことを全て口にしないと気が済まないのだよ」

「正直であることは美徳ですが、良好な人間関係を保つためには、思ったことを口に出さない方がいい場合も多々あります。ましてやあなたは王なのですから、思ったままを口に出すことは控えてほしいと、多くの者が思っているでしょうね」

食事の手を止めることなく、シリウスがさらりと助言（？）を口にした。

けれど、おとー様は聞こえない振りをすると話を続ける。

「それに、私はお前の父親だからね。正しくお前を褒めて、お前のいいところを理解させるのが、私の仕事なのだよ」

「おとー様のしごと……」

なるほど、と私は納得して頷いた。

確かに、家族でもない限り、なかなか相手を褒める機会はないかもしれない。

だとしたら、誰がシリウスを褒めるのかしら、と考えながら、私は彼を見つめた。

子どもの私でも分かるくらい整った顔立ちをした、カッコよくて優しい、王国最強の騎士を。

残念なことに、シリウスのおとー様とおかー様は既に亡くなっている。

そして、シリウスのおかー様は遠く離れたアルテアガ帝国の出身だから、その家族も遠い帝国にしか住んでいない。

さらに、シリウスのおとー様の兄弟は、私のおとー様だけなので、彼の家族と言える者はもはや私たちくらいしかいないのだ。

だとしたら、私の家族がシリウスを褒めるべきだと思うけど……

「おとー様はしょーじき者なのよね？　そして、ほめるべき人を見たら、ほめずにはいられないのよね？　だったら、どうしてシリウスをほめないの？」

　こてりと首を傾げて尋ねると、おとー様は途端に顔をしかめた。

「……何て褒めるんだい？　『シリウスは私の次に美形だよ』とでも？　あるいは、『シリウスは私が19歳だった時の半分くらいは強いね』とかかな？」

　おとー様の言葉を聞いたおねー様が、おかしくもなさそうにおかー様を見つめた。

「聞いた、お母様？　正直者って何なのかしら？」

「私はその答えを知っているけれど、どういうわけか王の定義は、世間一般のものとは異なるようね」

　おねー様とおかー様の言葉はよく分からなかったけれど、おとー様が言っていることはよく分かった。

「そうなのね。おとー様の方がシリウスよりもすごかったのならば、なかなかほめようとは思わないわよね」

　その後、しんとした沈黙が続いたけれど、……そして、おとー様がおかー様に何事かを怒られていたけれど、私は私の『仕事』について考えを巡らせ始めていたので、それ以降の会話が耳に入ることはなかった。


　その日の夕方、私はおかー様の部屋を訪れた。

そして、シリウスのおとー様のことについて質問した。

「シリウスのおとー様はどのような方だったの？」

「ユリシーズ前公爵のアケルナー様のことかしら？　そうね、慈愛に満ちた思慮深い方だったわ」

おかー様は懐かしむような目をしながら、窓の外を見つめた。

「お体が弱い方で、一日の大半を寝台で過ごされていたけれど、その状態に嘆かれることなく、いつでも前を向いて、ご自分ができることを探されていたわ」

私の脳裏に、優しい目をした大きな人が、小さなシリウスの頭を撫でている情景が浮かんでくる。

「シリウスとは仲がよかったの？」

一番聞きたかったことを尋ねると、おかー様は笑顔で頷いた。

「アケルナー様は誰が見ても分かるほど、シリウス様を慈しまれていたわ。そして、そのことをいつだってきちんと言葉にしていたし、シリウス様を誇りに思うと態度で示されていたわ」

その言葉を聞いて、おとー様が言った通り、シリウスのおとー様は『おとー様の仕事』をきちんと果たしていたのだと理解する。

でも、シリウスのおとー様は亡くなってしまったうえ、代わりとなるはずの私のおとー様はシリウスよりも立派なため、シリウスを褒めるところが見つからないというのならば、シリウスを褒めるのは『私の仕事』だわ！

私はそう決意すると、私の仕事をすべく考えを巡らせ始めたのだった。

その日の夜、私はシリウスの部屋で彼を待っていた。

けれど、シリウスの部屋はいつだって気持ち良い温度に保たれ、気持ちよく過ごせるよう整えられているため、思わず眠くなってしまい……

「セラフィーナ、起きたか？」

かけられた声に目を開けると、ベッドの中にいる私をシリウスが覗き込んでいた。

「オレが部屋に戻った時、お前は既にオレの寝台で眠っていた。しばらくしたら目覚めるかと様子を見ていたが、本格的に眠り込んだようだったため、お前の寝室に運ぶべきか、それともここで眠らせるべきかと考えていたところだ」

「……私はセラフィーナじゃないわ」

ぽつりとそれだけ呟くと、シリウスは用心深い顔をした。

「何だと？　まさかまた、あのクイズを始めようというのか？」

シリウスが言っているのは、先日、シリウスの執務室で行った『真似っこクイズ』のことだろう。

そのクイズをした時、私は蝶の真似をしたのだけれど、シリウスはちっとも当てることができず、苦労している様子だった。

そのため、『真似っこクイズ』をするのは二度とご免だという気持ちが声に表れていたけれど、そうではないのだ、と私は目をこすりながら訴える。

「違うわ。私はシリウスのパパになったの。だから、ベッドで寝ていたのよ」

「オレの父親だと？　お前がオレの父親ならば、なぜ息子であるはずのオレの寝台を占拠するのだ？」

理解できないとばかりに尋ねてくるシリウスに、私はやっとしっかり目を開けると説明した。

「シリウスのパパは体が弱くて、いつだってベッドにいたのでしょう？　だから、私もまねしてみたの」

「……なるほど。お前は元気いっぱいにブランケットを蹴っ飛ばしていたから、オレの父を真似していたとは夢にも思わなかったな」

顔をしかめるシリウスに対し、私は得意気に胸を張る。

「うふふ、でも、どう？　以前、シリウスは私の言葉を、シリウスのパパの言葉として受け入れたことがあったわよね。その時、シリウスは『父の近しい血族であるお前が言うのならば、そうなのだろうな』と言っていたわ。つまり、私の言葉はシリウスのパパの言葉に聞こえるってことよね！」

「恐ろしいまでの拡大解釈だな。だが、6歳児にその場の状況や雰囲気を理解しろ、というのも酷な話だ。お前にそう思わせた責任はオレにあるので、現状を受け入れよう」

シリウスが同意の言葉を口にしたので、私は今だわとシリウスを褒め上げる。

「それでね、私……つまり、パパが思うに、シリウスはとってもすばらしーわ！　今日も特別すばらしーし、毎日、毎日、シリウスがすばらしすぎるから、パパは鼻がたかーく伸びちゃったわ！」

シリウスは黙って称賛の言葉を受け取った後、真顔のままぼそりと呟いた。

「……………お前が王の子だと、紛れもなく信じられるな」

「えっ、何ですって？」

よく聞き取れなかったため、聞き返したけれど、シリウスは誤魔化すように私の名前を呼んだ。

「何でもない、セラフィーナ……」

けれど、今の私はセラフィーナではなくシリウスのパパだったため、返事をせずにじとりと見つめる。

すると、しばらくの沈黙の後、シリウスは根負けした様子で言い直した。

「……………………いや、父上。なぜ突然、オレを褒めようと思ったのですか？」

「おっほん、それが『パパの仕事』だからよ！　シリウスはほんとーにすばらしーから、そのことを正しくほめて、シリウスに理解させるのが、『パパの仕事』なの」

「なるほど。その仕事が最近果たされていなかったため、お前が父親役を買って出たわけか」

「そうよ。シリウスはほんとーにすばらしーから、言われなくても分かっているだろーけど、パパにはパパの仕事があるからね！」

にこりと微笑むと、シリウスは困ったように唇を歪めた。

それから、私を膝に乗せると、私の首元に顔を伏せる。

「セラフィーナ、いや、父上と呼ぶべきか。あまりオレを甘やかすな。オレはお前を守るために強くなければいけないのに、弱くなりそうだ」

「だとしたら、それは必要な弱さなのよ。だいじょーぶ、その弱くなったところは、私が守ってあげるから……」

言うべきことを言い切ったと思った途端、再び眠くなってくる。

私の言葉の途中で、シリウスがぎゅううっと私の服を強く摑んできたけれど、眠気に負けて、ぺたりとベッドに横になった。

「セラフィーナ、眠るのか？　……だとしたら、今夜はこのままここで眠るか？」

シリウスの声から、彼が私と一緒に眠りたがっているように思われたため、きっと今日は追い出されないわと、この場で眠ることを主張する。

「それがいーわ。パパのベッドはここだから。そして、今日は息子と一緒に眠りたい気分なのよ」

「お前は父親役を適切に実行しているつもりだろうが、既に間違っているぞ。オレは物心がついて以降、ずっと一人で眠っているのだから」

「うふふ、だったら、私が1番目ね。シリウスはセラフィーナパパと最初に眠ったのよ」

「……そうか、それは記念すべき日だな」

シリウスの言葉の途中で、私は完全に眠りに落ちた。

そのため、その後に続いたシリウスの言葉は聞こえなかった。

「オレは一人前の騎士だというのに、6歳児に癒やされて一緒に眠りたい気分になったとは、情けなくて誰にも言えないな。……よし、セラフィーナは眠っている最中に、何度もブランケットを蹴っ飛ばすから、それを整えるために近くで眠ったことにしよう」

そして、その夜はあったかい体がずっと引っ付いていてくれたので、気持ちよさを感じた私は、朝までぐっすりと眠ったのだった。

「あたたかい……シリウス、いい子」

未だ父親のつもりで、そう寝言を呟いたけれど、夢の中だからかシリウスが文句を言うことはなかった。

それどころか、褒めるように私の頭を撫でてくれたのだけれど……これは夢だと思い込んでいた私は、何も疑問に思うことなく、再び眠りに落ちていった。

そのため、いつでも強くありたいシリウスは、そのことに胸を撫で下ろしたのだった。

【SIDEシリウス】セラフィーナの欲望部屋改め……

「セラフィーナ、いないのか?」

晩餐後、いつものようにセラフィーナの部屋を訪れると、珍しく静寂に迎え入れられた。

席を外しているのかと考え、退出しようとしたところで、部屋のあちこちに張り紙がしてあることに気付く。

オレは無言のままそれらの1枚に近付くと、手に取った。

『どうぞ、本です』

本棚に貼られた紙には、説明の必要がないことがわざわざ書いてあった。

……なるほど。つまり、全く本を読みたい気分ではないのだが、オレは本棚から1冊を選ばなければならないのか。

セラフィーナの遊びは理解不能なものが多いが、これもその一つのようだな。

そう考えると、オレはセラフィーナが好みそうな本を1冊手に取った。

ふと思いついて、声に出してみる。

「『赤髪のお姫様と金の騎士』か。これにしておこう」

すると、案の定、部屋の隅で「うぷぷぷぷ」と笑い声が起こった。

予想通り、部屋の中にはセラフィーナが隠れているようだ。

だとしたら、仕方がない。セラフィーナが満足するまで付き合うか。

そう考えたオレは、次々に張り紙を回収していった。

その際、聞き手のことを考えて、いちいち声に出す。

――寝台の上の張り紙に書いてあったのは、『どうぞ、ブランケットです』。

「これは暖かそうなブランケットだな。この大きさなら、セラフィーナをすっぽりと包みこんでしまえるな」

「うぷぷぷぷ」

――テーブルの上の張り紙に書いてあったのは、『どうぞ、お菓子です』。

「オレは甘いものはほとんど食べないから、遠慮しておこう」

「ぐぎぎぎぎぎ」

「……と思ったが、今日は甘いものを食べたい気分だな。よし、これも持っていこう」

「うぷぷぷぷ」

そんな調子だったため、セラフィーナのもとにたどり着いた時には、オレの両手は本やブランケット、クッキーを入れた皿などで塞がっていた。

しかも、セラフィーナは部屋の隅に隠れていたものの、途中でこそこそとソファの上に移動していたため、その姿は完全に見えていたのだが、――声を掛けたら、「どうして分かったの!?」としょんぼりすることが容易に想像できたため、気付かない振りをする。

……実際に、これほどはっきりと動いているセラフィーナに気付かないとしたら、オレは騎士失格だな。

そう考えながら、セラフィーナがソファに座ったことを確認した後、オレはソファに向かうと、わざとらしい声を上げた。

「うわっ、セラフィーナか?」

しかし、その声は自分の耳にも白々しく聞こえた。

ダメだな。オレは本当に、この手の才能が不足している。

そう思いながらセラフィーナを見下ろすと、顔全体を隠すようにして1枚の紙が彼女に貼ってあった。

『どうぞ、セラフィーナです』

「……さすがにこれは説明不要だが……いや、そうだったな。この張り紙は説明が必要なものではなく、手に取ってほしいものに貼ってあるのだったな」

そう呟くと、オレは手に持っていた物をテーブルの上に置き、丁寧にセラフィーナから張り紙を外した。

すると、目を瞑ったままのセラフィーナの顔が現れる。

「……今晩は、お姫様」

オレはソファに座ると、膝の上にセラフィーナを抱き上げた。

そのままの状態でしばらく待ってみたが、小さないたずら娘が目を開ける様子を見せなかったため、オレはやむなく独り言をつぶやく。

「どういうわけか、絵本を読みたくなったな。よし、読むとするか」

そして、セラフィーナを膝に乗せたまま、彼女が好きな絵本を声に出して読み始めたが、頑固なことにセラフィーナは目を瞑ったままだった。

そのため、オレは本を読むのを止めて、笑い声を上げてみる……自分の耳にも、棒読みだと思われる笑い声ではあったが。

「はは、は、やはり絵本だけあって、絵を見ながら読むと3倍面白いな」

すると、やっとセラフィーナは目を開けた。

そのため、すかさずその口元にクッキーを運ぶ。

「さあ、お姫様、甘いものだ。どうぞ、お食べください」

オレの言葉に従い、セラフィーナが素直に口を開けたため、その口に中にクッキーを放り込むと、彼女はがじがじとすぐに噛み始めた。

「うふふふ、おいひー」

そして、やっと彼女の声が出る。

オレはふうと息を吐くと、セラフィーナに語り掛けた。

「今日のお前の部屋は、お前がやってほしいことを要求する仕様になっていたな。名前を付けるとしたら……『セラフィーナの欲望部屋』か？」

「おちちけよ、ちちゃうや。こちゃえはシリミュスのちょちゅぴょーべやよ」

「何だって？」

セラフィーナは急いでクッキーを飲み込むと、もう一度口を開いた。

「おしいけどちがうわ。答えは『シリウスの欲望部屋』よ」

「膝にブランケットをかけて、絵本を読みながら、行儀悪くクッキーを食べることがオレの望みだと!?」

「うーん、ちょっと違うわ。シリウスは私のおひざにブランケットをかけて、絵本をよんでくれて、クッキーをたべさせてくれるのが好きでしょう？」

「……その通りだな」

完璧に言い当てられたので、素直に頷く。

「なるほど、つまり……この部屋は、オレの欲望の通りにお前を甘やかす部屋だということだな？」

「せいかいでーす！」

満面の笑みのセラフィーナを見つめながら、オレは心の中で『セラフィーナに勝てる未来が見えないな』と呟いた。

それから、これがオレの望みだとしたら、大したものではないな、と考えたのだが、……実際は贅沢過ぎる望みなのかもしれない。

セラフィーナの考える「シリウスの欲望部屋」のことを考えると、いつだって微笑みが浮かぶのだから。

この子の考えは、いつだってオレの斜め上をいく。

【ＳＩＤＥシリウス】詩歌鑑賞の悲劇２

正直に言って、嫌な予感しかしない。

そのため、オレは入室した途端に、理由を付けてこの部屋から退室しなかった己の愚鈍さを悔やんだ。

しかし、どれほど悔やんだとしても、もはや手遅れであることは一目瞭然だった。

オレの隣に座った王が、笑顔でオレに顔を向けてくる。

「いやー、楽しみだね、シリウス！　セラフィーナの学習発表会だなんて、胸がどきどきしてくるね！　あの可愛らしい子がどんな上手な発表をしてくれるのだろう」

――そう、オレはどういうわけかセラフィーナの学習発表会に参加させられているのだった。

廊下でたまたま王に出会ってしまったのが、オレの運の尽きだった。

「シリウス、ちょうどよかった！　ちょっと来てくれないか」

非常に軽い口調だが、相手は至尊の冠を戴く国王だ。

オレは命じられるまま、王の後について行った。

連れていかれた先は立派なホールで、そんな中にぽつりと2脚だけ並べられた椅子の一つには、既に王妃が座っていた。

はっとして周りを見回すと、壁には大きな垂れ幕が飾られており、「セラフィーナ第二王女殿下学習発表会」と書いてある。

そういえば、教師たちが王からセラフィーナの学習進度を尋ねられたと言っていた。報告書でも上げるのかと思っていたが、なるほど、王はこのような場をわざわざ設けさせたのか。

そう気付いた時点で、オレは何事かの用事を考え出し、即座に退室するべきだったのだが……ステージの袖から顔を覗かせていたセラフィーナと目が合い、笑顔で手を振られてしまう。

こうなったら、手を振り返すしかないだろう。

そして、手を振り返したら、この場に残るしかないのだ。


……落ち着け、シリウス。

王の御前だ。セラフィーナの教師たちも彼女に適した題材を厳選しているはずだし、何度もリハーサルをしているはずだ。よもやおかしな発表などするはずもない。

慌てて持ってこられた3脚目の椅子に座ったオレは、深く呼吸をすると、自分を落ち着けるための言葉を心の中で繰り返す。

しかし、緊張しているのはオレだけのようで、王の隣に座った王妃は、手渡されたプログラムを見ながらはしゃいだ声を上げた。

「まあ、まずは詩歌からですって！」

王妃の言葉を聞いた途端、いつぞや披露された驚くべき詩歌が思い浮かんだが、国王夫妻の御前だと考えを改める。

今日に限っては、教師が手直しに手直しを加えた、完成された詩歌を出してくるに違いない。

そう希望的観測を抱いていると、王もはしゃいだ声を上げた。

「へえ、詩歌のタイトルは『星の瞬く夜に感じる、両親の慈愛のこころ』だって。あっ、どうしよう、タイトルだけで泣きそうなんだけど……」

王の言葉を聞いて、ほっと安堵のため息をつく。

……どうやら詩歌の教師はいい仕事をしているようだ。

きちんと本日の目的に合った詩歌を準備していることだし、このような気遣いができるのであれば、内容も心配する必要はないだろう。

オレは少しだけ緊張を解くと、深く椅子に座り直した。

ステージの幕が上がると、可愛らしいドレスを着たセラフィーナが現れた。

彼女はぺこりと頭を下げて挨拶した後、壇上からオレを見つけて驚いたように口を開ける。

先ほどオレを目にしていたはずだが、驚きの表情を浮かべるということは、オレはこの場に残らないと思われていたのだろう。

やはり、これは国王夫妻のみに対して行われる予定の学習発表会だったのだ。

オレが参加しているのは、運悪く王に出くわしたからで、飛び入りした結果なのだから、早々に退出すべきだった。

そう後悔していると、セラフィーナは少しだけ考える素振りを見せた後、にこりと微笑んだ。

「タイトルをへんこーします！　『シリウスになりたい』にします」

セラフィーナの突然の宣言を前に、幾つも奇声が飛ぶ。

「えっ？　セ、セラフィーナ、お父様の歌はどこへいくんだい!?」

とは、王のセリフだ。

「セ、セ、セラフィーナ殿下あぁぁ」

と今にも倒れそうな声は、詩歌の教師だろう。

しかし、彼女は全く意に介する様子もなく、短い手足で踊り出した。

「シッリーウスになーりーたい！

シッリーウスになーりーたい！

お肉はとってもおいしーわ！　どうしてこんなにおいしーの？

ぱくぱくぱくぱく。あー、おいしい！　でも、お腹がいっぱいになっちゃった！

シリウスみたいに大きなお腹だったら、もっとたくさん食べられたーのに！

（シリウスになりたーい！）


シッリーウスになーりーたい！

シッリーウスになーりーたい！

まあ、あのせんせーはあたまのてっぺんに髪の毛がないわ！

なのに、ずーっと気付かなかった。だって、下から見たら、ふさふさしているもの！

シリウスみたいに背が高かったら、すぐにつるつるりんに気付いたーのに！

（そして、帽子をプレゼントしたわー！）」


歌い終わったセラフィーナは、キラキラした目でオレを見つめてきた。

……分かっている。彼女は褒められるのを待っているのだ。

しかし、この場にはカノープスがいない。

いや、セラフィーナがいる以上、彼もこの部屋の中にいるのだろうが、より彼女を守りやすいステージの袖部分にでもいるのだろう。

つまり、オレは1人でセラフィーナに立ち向かわなければいけないということだ。

「セラフィーナ……その…………」

恐らく、これほど頭を回転させたことは、今まで一度もなかっただろう。

しかし、どれほど考えを巡らせても、セラフィーナの詩歌を褒めるべきポイントを見いだせなかったオレは、偉大なる王に助けを求めることにした。

「王が！　お前の素晴らしい詩歌については、王がご評価くださるだろう！　セラフィーナ、素晴らしいできだったぞ!!」

「えっ！」

「わあ、ありがとう、シリウス！」

驚く王の声とはしゃぐセラフィーナの声がかぶる。

王は情けない表情で、「シ、シリウス！」とオレの名前を呼んできたが、オレは目を合わせることなく、王に片手を差し出した。

「陛下、王女殿下は立派な詩歌を披露されました。作品に対するお言葉をお願いします」

「くっ、ぐっ、うっ……セ、セラフィーナ、お前の……観察力は素晴らしかったぞ！　シリウスが大きくて背が高いことによく気付いたな！　それから、帝国語の教師が頭頂ハゲであることを……」

王は苦悶の表情で、何とかセラフィーナを褒める言葉を捻り出していたが、後ろに控えていた侍従長から注意が入る。

「王！　セラフィーナ様はどの教師であるかを明言されませんでした」

「あっ、失礼！　ええと、つまり、いずれかの教師に頭頂ハゲがあることを、背が低いお前が気付いたこと自体が、類いまれなる観察力があることの証だ。そして、帽子を贈ろうと考える優しさは素晴らしかった。よかったぞ！　だが、次は、お父様についての愛と希望に関する歌を聞きたいな」

余裕があることに、王は次回の詩歌についての希望を出していた。

その姿を見て、さすが王だなと、初めて王に尊敬の念を覚える。

セラフィーナの反応を知りたくて、彼女に顔を向けると、褒められたことが嬉しかったようで、笑みを浮かべていた。

そのため、ほっと胸を撫で下ろす。

今日は彼女の晴れ舞台だから、彼女には楽しいことだけを覚えていてほしい、と思いながら。


そんな気持ちが届いたわけでもないだろうが、ステージに立ち、これまでの学習成果を披露するセラフィーナは非常に楽しそうに見えた。

しかしながら、オレの心臓には非常に悪いものだった。

『セラフィーナは上手だな、素晴らしいな』と思う心境にまでたどり着くことができず、彼女が何か失敗するのではないかと気になって、ハラハラし通しだったのだ。

そのため、開始からしばらくして、部下が火急の用事だとオレを捜しに来た時には、心からほっとした。

そして、『これは仕方がないことだ。決して敵前逃亡ではない』と自分に言い聞かせながら、申し訳ない表情を作って退席した。

そのことに気付いたセラフィーナは、楽器の演奏中だったにもかかわらず、手を止めて、笑顔でオレに向かって手を振ってきたので、胃が痛くなったことは言うまでもない。


その日の夜、いつものようにセラフィーナの部屋を訪れたところ、彼女はテーブルの上にたくさんの楽器や本を並べていた。

嫌な予感がして尋ねると、彼女は笑顔になった。

「シリウスははっぴょーかいのとちゅうで出て行ってしまったでしょ？　だから、見られなかったぶんを今からはっぴょーしようと思って」

「……なるほど、お前は精霊のように慈悲深いな。だが、自己都合で途中退席した身としては、そのような特別扱いは受けづらい。できればお前の素晴らしい学習成果を見る機会は、次の発表会まで楽しみに取っておきたい気持ちだな」

そう断りを入れながらも、これは問題の先延ばしであって、決して解決にはならないぞと、心の中で冷静に分析する。

しかし、現実問題として、一部ではあるものの学習発表会に参加したオレは疲労困憊だったし、様々な学習成果を披露したセラフィーナが、オレ以上に疲れているであろうことは想像に難くなかった。

そのため、オレは持ってきた数冊の絵本をセラフィーナに差し出す。

「セラフィーナ、お前は今日、十分頑張った。そして、オレが見たお前の発表は、どれも素晴らしかった。鑑賞させてもらった礼として、今夜はオレが絵本を読んでやろう」

「えっ、ほんとう?」

セラフィーナは嬉しそうに絵本を手に取ると、オレが読む1冊を選び始めた。

「ああ、何なら全ての本を読んでもいいが、お前は疲れているだろうから、その前に眠ってしまうだろうな」

「もちろん、そんなことはないわ！　じゃあ、シリウス、ぜんぶ読んでちょーだい！」

いそいそとブランケットの中に入り込むセラフィーナを見て、オレは微笑みながら寝台に腰を下ろす。

それから、持ってきた絵本を順に読んでやったのだが、予想に反して、全ての本を読み終わるまでセラフィーナは起きていた。

そして、読み終わった途端にこてりと寝た。

オレは布団から飛び出ていた彼女の腕を戻してやると、頭を撫でる。

「おやすみ、セラフィーナ。今日はよく頑張ったな」

そう口にしたオレは、今日という一日に満足していたのだが――――セラフィーナの学習発表の披露を先送りしたことが、いずれつけとして回ってくることを失念していた。

近い将来、『第2回セラフィーナ第二王女殿下学習発表会』に参加することになり、前回の倍の緊張でもってセラフィーナを見つめることも、そのせいで未来のオレが今夜のオレを恨むことも、この時のオレは知る由もなかったのだ。

もしも『不可視のマント』を手に入れたら？

数学のせんせーは、おとー様くらいの年齢で眼鏡をかけている立派な人なのだけれど、時々おかしな質問をしてくる。

せんせーいわく、「想像力を働かせるお勉強です」とのことらしいけれど……

「セラフィーナ様、もしも誰からも見えなくなるマントがあったら、それを着て何をしますか？」

「はい、おとー様が体重が増えていることを気にしているので」

「ええ、ええ」

「体重を計っている時に、こっそり体重計に乗って、体重を増やします！」

せんせーは世界に1冊しかない大事な数学書を川の中に落としたような表情を浮かべた。

「…………世にも珍しい、世界に一つしかない『不可視のマント』を手にしたというのに、そんなどうでもいい悪戯をするのですか？」

「そうです！　そうしたら100％成功するので、私はとってもたのしーからです！」

「……………………………………」

せんせーはしばらく無言になった後、「多様性、多様性は大事だから、私は勉学の徒として、様々な意見を尊重しなければ」と自分に言い聞かせるかのように、同じ言葉を繰り返していた。

それはよくある光景だったけれど、こうなったせんせーはしばらく自分の考えから戻ってこないのだ。

そのため、放っておくしかないわねと考えた私は、テキストに視線を落とすと、次の問題を解き始めたのだった。

「…………ということがあったのよ」

夜になって、シリウスに今日のことを語って聞かせると、彼は何とも言えない表情を浮かべた。

「そうか。お前はいつも楽しそうで何よりだな。そんな風にお前のいたずら心を増長させる授業が、お前のためになるのかどうかは不明だが」

「えっ、なんですって?」

悪口を言われた気がして聞き返すと、シリウスはひょいっと肩を竦めた。

「いや、……お前を取り囲む人々は、お前を甘やかしたり、自由にしたりしているが、それらが絶妙な具合で働いていると思ってな。このままお前は、一切修正されることなく、成長していくような気がするな」

シリウスの言葉を聞いた私は、驚いて声を上げる。

「えええ、私は毎日これだけおべんきょーをしているのだから、すぐにかしこくなるはずよ！」

「もちろんそうなった場合は、お前を誇らしく思うが、このまま変わらないでほしい気持ちもあるのだから複雑なところだ。お前は既に完璧だ」

シリウスはおかしそうな表情を浮かべて私を褒めると、顔を覗き込んできた。

「それで、『不可視のマント』を入手できた場合、他にやりたいことはあるか？」

シリウスが数学のせんせーと同じことを聞いてきたので、私はうーんと考え込む。

「そうね……シリウスが泣きたくなったら、一緒にマントをかぶるわ」

すると、シリウスは理解できないとばかりに顔をしかめた。

「どういう意味だ？」

「シリウスは大人だから、人前では泣けないでしょ。そして、1人で泣くとさみしいでしょ。だから、シリウスが泣きたい気持ちになったら、いっしょに姿を隠してくっついているわ」

「……そうか」

シリウスは小さな声でそう呟いた。

そのため、彼の同意を得たと思った私は、勢い込んで話を続ける。

「そうよ。私は温かいから、くっついていると涙がすぐにかわくわよ」

「あるいは、オレ自身が温かい気持ちになって、泣かずに済むかもしれない」

シリウスはそう言うと、私を膝の上に乗せ、ぎゅううっと胸の中に抱え込んだ。

「シリウス?」

シリウスが力を込めて私を抱きしめるのは、彼が感情的に高ぶっている時だと理解していたため、どうしたのかしらと思って声を掛ける。

すると、彼は私の首元に顔を伏せた。

「お前があまりにオレを甘やかすことを言うから、オレはだんだんとダメな人間になってきたぞ。……オレはこれまで、誰にも頼らずに1人で立ってきたというのに」

シリウスの落ち込んでいる声がおかしくて、思わず笑い声を上げる。

「うふふふ、それはダメな人間になったのではなくて、シリウスがちゃんと色々と感じることができるようになってきたのよ」

私の言葉を聞いたシリウスはびくりと体を強張らせた後、ゆっくりと体を弛緩させていった。

「……そうか。お前は賢いな」

シリウスは顔を上げると、困ったような表情を浮かべる。

「セラフィーナ、やはりお前は既に完璧だ。もしもオレが『不可視のマント』を見つけたら、間違いなくお前のもとに持ってこよう」

「わあ、約束よ! そうしたら、私はまずおと一様に引っ付いていって、体重計に乗るしゅんかんに一緒に乗るわね!」

手を叩いて喜ぶと、シリウスは途端に顔をしかめた。

「これは、オレこそがお前のいたずら心を増長させているのか？」

「え、なんですって？」

「いや……確かに、何をやるかを分かっていながら、止められないオレが原因だな。つまり、お前はそのままでいてくれ、ということだ」

シリウスはそう答えると、しばらく頭を撫でていてくれた。


――後日、シリウスは「『不可視のマント』は簡単に手に入る代物ではないから、見つかるまでの代わりにしておいてくれ」と言って、白いふわふわの毛皮のマントを贈ってくれた。

それはとっても温かかったので、私は冬が来るのが楽しみになったのだった。

あとがき

本巻をお手に取っていただきありがとうございます！

おかげさまで、本シリーズも2巻目になりました。やったね、単巻じゃなくなりましたよ！

そして、前巻は丸っと「本編で書ききれなかった３００年前の話」だったのですが、今巻は新たなキャラクターが加わったことにより、この世界での新たな物語が始まり出したように思います。

場所的な意味でも、これまで森と王城しか知らなかったセラフィーナが、海に、街に、精霊の宮殿に、新たな森にと、様々な場所を訪れました。すごい成長ですね。

そんな数多の訪問場所の中から、今巻の表紙は海水浴シーンを描いてもらいました。キャラの素晴らしさとともに、景色の美しさが光る素晴らしい1枚ですね！

さらに、口絵カラーの精霊の宮殿はものすごく幻想的で美しいですね。そのため、いただいてしばらくはうっとりと見とれていました。chibiさん、いつも魅力的なイラストをありがとうございます！

さて、今回は初めて、同時刊行というものに挑戦しました。

「転生した大聖女は、聖女であることをひた隠す」8巻と合わせて、2冊を同日に発刊してもらったんですね。

chibiさんの素晴らしいイラスト2種が本屋に並ぶ光景はどんなだろう、と今からワクワクしています。本編を未読の方は、この機会にお手にとっていただければ嬉しいです！

また、2冊同時刊行を記念して、第2回キャラクター人気投票を実施しています。

「第2回」と銘打っている通り、約1年半前に1回目を実施しました。

その際は、本編のみの登場キャラであるシリル第一騎士団長が1位（726票）、シリウスが2位（581票）でした。

なお、1位になったキャラのショートストーリーを出版社ホームページで無料公開予定ですので、ぜひぜひお好きなキャラに投票していただければと思います。

ZEROにしか登場しないシェアト、ミラク、ミアプラキドス、オリーゴーなども投票対象となりますので、よろしくお願いします。

そんな投票先のアドレス、及びQRコードについては、次のページに記載していますので、そちらをご覧ください。

令和5年2月末までの実施となっており、投票&指定のツイートをRTされた方の中から抽選でオリジナルキャンディー缶をプレゼント予定ですので、ご参加のほどよろしくお願いします。

https://www.es-novel.jp/special/daiseijo/

ところで、お知らせ用にツイッターを始めました。

本作品に関するお知らせをちょこちょことアップしていますので、よかったら覗いてみてください。

https://twitter.com/touya_stars

※「十夜」「ツイッター」で検索すればヒットすると思います。ユーザー名は@touya_starsです。

最後になりましたが、ここまで読んでいただきありがとうございます。

本作品が形になることにご尽力いただいた皆さま、読んでいただいた皆さま、どうもありがとうございます。

今回は同時刊行ということで、スケジュールが重複して苦しめられましたが、それでも書籍化作業は楽しかったです。

お楽しみいただければ嬉しいです。

A Tale of The Great Saint
Presented by Touya / chibi / Mahito Aobe
コミカライズ
最新第7巻まで
好評発売中!!
転生した大聖女は、聖女であることをひた隠す
A Tale of The Great Saint
最新話は
こちらから!

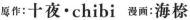

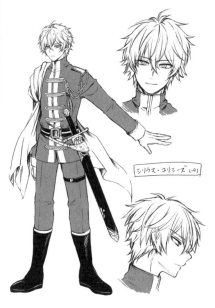

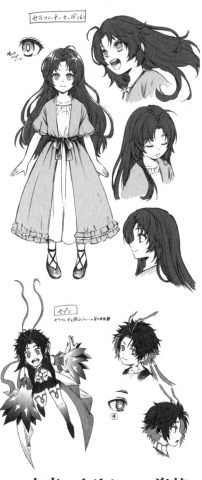

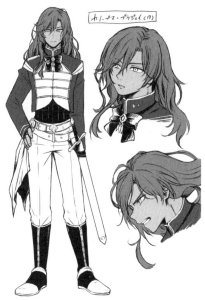

道化師たちと
聖女デビュー！
は、
ひた隠す

あらすじ

オルコット公爵邸でのお茶会に招かれたフィーアは、
筆頭聖女候補であるプリシラを紹介され……。

さらに、サヴィスの婚姻話を聞いたフィーアは、
道化師たちに弟子入りして、
最高の出し物を披露することを思いつく。

「衣装の試着がてら、プチ武者修行に行かないか?」
セルリアンの提案により、
聖女の扮装をしたフィーアは、
道化師の仲間として街へと繰り出すことに!?

シリーズ累計150万部突破!!

転生した大聖女
聖女であることを

十夜 Illustration chibi

メイドなら当然です。
万能メイドさんの
異世界紀行!!
濡れ衣を着せられた万能メイドさんは旅に出ることにしました
三上康明
Illustration
キンタ

学校の教師をしていたアオイは異世界に転移した。
森の賢者に拾われて魔術を教わると
あっという間にマスターしたため、
さらに研究するよう薦められて
世界最大の魔術学院に教師として入ることに。
しかし、学院には権力をかさに着る
貴族の問題児がはびこっていた――
異世界転移して教師になったが、魔女と恐れられている件
井上みつる
Illustration 鈴ノ
1~3巻
好評発売中!
特集ページはこちら!
EARTH STAR LUNA

王族相手に保護者面談!?
木刀で生徒にタイマン指導!?
最強の新人女教師が
魔術学院のしがらみを
ぶち壊す!?

転生した大聖女は、聖女であることをひた隠す
戦国小町苦労譚
即死チートが最強すぎて、異世界のやつらがまるで相手にならないんですが。
領民0人スタートの辺境領主様
ヘルモード
～やり込み好きのゲーマーは廃設定の異世界で無双する～
三度転生した少年はSランク冒険者として平穏に過ごす
～前世が賢者で英雄だったボクは来世では地味に生きる～
俺は全てを【パリイ】する
～逆勘違いの世界最強は冒険者になりたい～
反逆のソウルイーター
～弱者は不要といわれて剣聖(父)に追放されました～
毎月15日刊行!!
最新情報はこちら!

もふもふとむくむくと
異世界漂流生活
メイドなら当然です。
濡れ衣を着せられた
万能メイドさんは
旅に出ることにしました
転生して
ハイエルフになりましたが、
スローライフは
120年で飽きました
駄菓子屋ヤハギ
異世界に出店します
ドイツ軍召喚ッ！
～勇者達に全てを奪われた
ドラゴン召喚士、
元最強は復讐を誓う～
偽典・演義
～とある策士の三國志～
生まれた直後に捨てられたけど、
前世が大賢者だったので余裕で生きてます
ようこそ、異世界へ!!
EARTH STAR
NOVEL
アース・スターノベル

転生した大聖女は、聖女であることをひた隠す ZERO 2

発行 ―――――――― 2023年2月15日　初版第1刷発行

著者 ―――――――― 十夜

イラストレーター ―――― chibi

装丁デザイン ―――――― 村田慧太朗（VOLARE inc.）

発行者 ―――――――― 幕内和博

編集 ―――――――― 今井辰実

発行所 ―――――――― 株式会社アース・スター エンターテイメント
〒141-0021　東京都品川区上大崎3-1-1
目黒セントラルスクエア　7F
TEL：03-5561-7630
FAX：03-5561-7632
https://www.es-novel.jp/

印刷・製本 ―――――― 図書印刷株式会社

ISBN 978-4-8030-1746-5